嘻哈版 故事会

顾洲/编

公主故事

GONGZHU GUSHI

揭开"白雪公主"成长之路

兵器工业出版社

图书在版编目（CIP）数据

公主故事：揭开"白雪公主"成长之路／徐顾洲编.—北京：
兵器工业出版社,2013.1(2018.3 重印)

（嘻哈版故事会）

ISBN 978 - 7 - 80248 - 887 - 8

Ⅰ.①公… Ⅱ.①徐… Ⅲ.①儿童故事—作品集—世界

Ⅳ.①I18

中国版本图书馆 CIP 数据核字（2013）第 009503 号

公主故事：揭开"白雪公主"成长之路

出版发行:兵器工业出版社

封面设计:北京盛世博悦

责任编辑:宋丽华

总　策　划:北京辉煌鸿图文化发展有限公司

社　　　址:100089　北京市海淀区车道沟 10 号

经　　　销:各地新华书店

印　　　刷:北京一鑫印务有限责任公司

　　　　　　（北京市顺义区北务镇政府西 200 米）

开　　　本:710mm×1000mm　1/16

印　　　张:13

字　　　数:130 千字

印　　　次:2018 年 3 月第 1 版第 2 次印刷

定　　　价:29.80 元

内容简介

　　每个女孩心中都有一个美好的公主梦，它充满柔情与甜蜜，浪漫可爱。青春做伴好读书，小故事能读出大道理。在故事里，美丽的公主们用温柔与坚强书写了一篇篇动人的传奇；在故事外，普通的女孩也能拥有公主般的心灵。

　　女孩在成长中会有独特的心理需求，她们会羡慕童话中公主的华服，渴望获得公主般的宠爱。但是生活未必能够满足每个女孩的幻想。公主的定义是什么？只是漂亮的衣服与众多的宠爱吗？绝对不是这样的，美丽的外表不是公主真正的标志，重要的是要有高贵的品格、美好的性格。

　　渴望成为公主的女孩们，赶紧打开这本神奇的书吧。每个女孩都可以成为公主，只要她保持着一颗公主的心。当一个女孩拥有了强大的内心世界，即使她没有昂贵的衣服，没有过人的美貌，她也依然是真正的公主。

目录

第一章 美好的性格胜过漂亮的外貌——
真正的公主不只是美丽而已

第二章　每个好女孩都该有颗柔软的心
善良是公主最宝贵的特质

第三章 为自己开出一朵花——
公主在生活中学会成长

嘻哈版 故事会

第四章　编织未来的红毯
永远珍视我们的公主梦

第一章
美好的性格胜过漂亮的外貌——
真正的公主不只是美丽而已

没有一种草不是花

在某山村里，有一所希望小学，在里面读书的都是家境贫寒、生活艰苦的学生。但这一切都没有阻止孩子们勤奋好学、增长知识的欲望。

有一天，校长向同学们宣布了一个消息，大家将要一起去县城参加数学竞赛。孩子们听到这个消息兴奋极了，但兴奋过后他们又很担心，觉得县城的同学生活条件要更好，学习环境也更优越，我们一个个穿着带有补丁的衣服，小脸儿黑黑的，怎么能比得过人家呢？会不会被城里的同学笑话？

想到孩子们的顾虑，校长说："你们见过没有花的草吗？"孩子们绞尽脑汁，想啊想啊——蒲公英开黄花，野菊五彩斑斓，就连黄瓜都

有黄色的花绽放。最终也没有想出，哪种植物不开花。

后来校长对同学们说："孩子们，你们是生长在田野里的草，城里的孩子们是公园里的草，公园里的草开花，田野里的草也会开花，没有哪一种草不是花！不要因为我们的外在条件略低一些，大家就失去本有的自信，只有性格坚强、内心强大，这朵花才能持久绽放！"

听了校长的话大家都很高兴也非常有自信，最终在数学竞赛中取得了优异的成绩。

成长感悟

世间生灵万物都是平等的，有同等的生存、竞争权利，不要以为自己的外在条件比他人差而失落，坚韧不拔的性格，宽厚待人的品德都能让你开出最美的"花"。

他们也曾自卑过

20 多年前，她在北京师范大学中文系读书。她曾经自嘲，自己 18 岁的照片看起来比 30 岁的人还老，上大学的时候，她经常疑心同学们在暗地里嘲笑她，甚至别的同学在一起说笑，她都以为是在讲关于她的坏话。花一样的年龄，她在自卑、猜疑中度过。

没错，她的确相貌平平，甚至还有些胖。基于此，她不敢穿裙子，不敢上体育课，甚至大学差点没能毕业。原因不是学习差，而是她不参加体育长跑测试，老师无奈地对她讲："只要你跑，不管多慢，我都让你及格好不好？"可倔强的她就是没有迈开腿。

其实并不是她真得不想跑，她想告诉老师，自己是怕同学笑话："一个胖子跑那么慢，动作那么难看"，等等。她多想对老师敞开心扉，但连说句心里话她都不敢。只是傻傻地跟在老师身后走，老师回家做饭她居然也跟着。最后，出于无奈，老师算她及格了。

也是 20 多年前，他孤身一人从一个北方小城镇考进了北京广播学院新闻系。来到学校的第一天，同桌的女同学问他："你从哪里来？"一句简单的寒暄，却是他最为忌讳的，他一直觉得自己出生于小城，就必定带着"乡土气息"，会被大城市的同学瞧不起。就因为开学的这一番问话，他一年都不敢跟同班女生说话。最后，一个学年下来，班里的女生很少有人认识他。

在一段时间内，因外在因素的差异，自卑占据了他的内心，甚至

每次拍照，他都不由自主地带上墨镜来掩饰自己。

多年后的一台晚会上，前面两个小故事的主人公一起站在舞台担任主持，她对他说："当年如果我们在一个班，肯定是永远都不可能说话的两个同学。你会认为，这个北京城的姑娘怎么能跟我说话呢？而我则会想，这么帅的男生我可不能理。"

她就是现在电视台著名的节目主持人张某。她完全是依靠自己的能力走向电视台主持人岗位，而不是靠外貌；而他就是白某，在电视台担任著名栏目的主持工作，在电视机里面对几亿观众，仍然淡定、侃侃而谈，那份自信与从容，谁能想到他大学时的模样？

成长感悟

现在很多人都将外表美看得很重，从而忽略了对自己内心的修饰。但唯有内心的强大，才能辅助你在人生的舞台上奏出华彩乐章，漂亮的外貌只会像昙花一现，随着时间的流逝消失殆尽。

美，源于内心

在大森林中，居住着很多小动物，平日里它们捕猎、觅食、玩闹，悠闲快乐地生活在一起。

动物世界中的孔雀艳丽高傲，出生在富贵的家庭，它不仅拥有美丽的外表，还天生有一副好嗓子。在动物世界中，它绝对是不折不扣的大明星，所有小动物都是它的"粉丝"。每天孔雀开屏、引吭高歌的时候，小动物们都会去看它的表演。通过演出的收入，孔雀过着高枕无忧的生活，每天都随心所欲，不把其他动物看在眼里。

小狗多多是大明星孔雀的邻居，虽然它没有孔雀傲人的外表，没有嘹亮的歌喉，但是它很喜欢帮助别人，善解人意，非常忠厚，从来不会跟别人发生矛盾，日子虽过得贫寒，但也有声有色。

这天鸭姐姐来到多多家做客，多多热情地把鸭姐姐邀请到家里，孔雀看到不屑一顾地说："有什么嘛，鸭子有我漂亮吗，有必要那么热情吗？"不一会儿，屋里传来鸭姐姐的叫声，原来它要生蛋。多多忙得手忙脚乱，情急之下找到孔雀来帮忙。孔雀满不在乎地说："多多，你还是省省吧，我的外衣可是很贵的，要是给弄脏了，怎么见观众啊！"多多失望地离开了，转而去找其他邻居来帮忙。

不一会儿，丛林里的很多动物都赶来了，帮助鸭姐姐把蛋生了出来，并轮流照顾鸭姐姐。在照顾鸭子的日子里，动物们很少去看孔雀的表演了。那个外表美丽、嗓音动听的孔雀，从此也被动物们慢慢遗忘，渐渐老去。

成长感悟

美，源于内心。所有只在乎美丽外表的人早晚会被大家渐渐冷落直至遗忘。要想永远被亲情、友情幸福包围，就应该知道，美丽的内心永远胜过漂亮的外表。

不 同

　　法国科学家约翰法·伯曾经做过一项实验，那就是著名的"毛毛虫实验"。实验开始，工作人员将十多条毛毛虫放在一个花盆边缘，让它们首尾相连，围绕成一个圈，在花盆周围散落着一些毛毛虫爱吃的食物。这时，虫子们就开始一个跟着一个，围绕着花盆一圈又一圈地爬行。时间一分一秒地过去，整整一周时间，毛虫们还在埋头团团转，最终它们因为劳累死去。其实在这个过程中，只要有一只改变方向，有些许不同于别的虫子的行动，大家可能都不会是这样的结果。

　　与法国相邻的意大利，有一位小姑娘，她从小有个明星梦，16 岁的时候只身来到罗马，打算将这里作为她梦想开始的地方。可在她努力打拼的同时，也承受着巨大的非议。很多人都说她自身条件太差了，比如：鼻子长、嘴巴大、下巴短、个子太高、臀部太宽等等，甚至有人说她所有的外在条件，没有一项是符合演员要求的。著名的制片人商卡洛甚至给她出了整容的主意，但遭到女孩的强烈反对。她说："我为什么要按照别人的要求来改变自己，一定要跟别的女明星一样呢？"

　　倔强的她没有听从任何人的"劝解"，依然脚踏实地地研习表演，最终几年后她成功了，参演了好莱坞影片《气壮山河》，从而获得无数奖项。而那些有关她外貌问题的议论不但销声匿迹，甚至这些外貌特征成了那个年代美女的标准。她就是著名影星索菲亚·罗兰。

成长感悟

　　通常我们总是会用别人的标准来衡量自己，总是会因为自己跟某位明星外貌相似而自豪。但殊不知，总与别人相同，最终也会让你变得默默无闻，差异、区别反而会令人脱颖而出！

昂起头来，你就是天使

　　有个小姑娘叫珍妮，自从懂事以来，她就一直觉得自己不够漂亮，眼睛不够大，脸上还有星星点点的雀斑，所以每天出门，她总是低着头，好像自己犯了什么错误。

　　这天她到饰品店，买了一只漂亮的发卡，店主是个和蔼的老奶奶。奶奶高兴地帮珍妮梳了个漂亮的发型，把卡子别在她的头上，还不断地赞美她，带上这发卡真是漂亮极了。尽管珍妮不相信，但她还是挺高兴，

出门不由自主地昂起了头。高高兴兴地走在大街上，脚步匆匆的她在路上与人撞了一下都没在意。

刚走进校门，迎面遇到了她的老师，老师看到珍妮仰起脸的样子开心极了，一边抚摸着她的肩膀，一边说："亲爱的，你昂起头的样子真美！"

回到家哥哥看到珍妮，也发现了她的不同，对面貌一新的珍妮赞不绝口："哇，看看，我妹妹多漂亮！"

这天，珍妮心中载满了人们对她的赞美，她高兴极了。转而一想，这肯定是发卡的功劳，当她走到镜子前发现，其实她的头上根本没有发卡。原来，在路上与人不经意的一次碰撞，发卡早就不在她的头上了。

成长感悟

正如有句话所说：别看它是一头黑色的母牛，但牛奶仍是白的。无论你美若天仙还是相貌平平，无论你生活富足或是面临贫穷困境，自信，能让你从内而外变得美丽。在浮躁的社会，很多人都因为太在意外表而失去了原本的快乐，其实只要你骄傲地昂起头，就会变成人人喜爱的天使。

好性格带来好机遇

玛丽是一位平凡普通的英国女孩，虽然她相貌平平，但性格绝对属于开朗、外向的那一种。虽然身边的好朋友都光鲜动人，而她则凭借着乐于助人、活泼开朗的性格，赢得了大多数同学的好感。

玛丽大学毕业有幸进了一家设计院工作。那里的办公环境条件优越，每个人都有自己独立的办公室。由于每个人在工作的时候都不愿被别人打扰，因此每个人都习惯随手关上自己的门。每天到了工作的时间，整个设计院通常都是非常安静的，上班的时候也像是没有人在一样，就好像整个办公区都是空的，同事之间的关系也因为一扇门的阻隔而变得淡漠。

刚步入工作岗位的玛丽，依然像在学校里一样开朗活跃，她非常渴望与同事们进行互动。所以，她始终把自己的办公室门打开，希望有同事来与她交流。这扇敞开的门，似乎显得与那静谧的环境格格不入，但玛丽依然坚持这样做。

但是一周过去了，习惯了自己关起门来做事的同事们从未走进来过，依然每个人都在自己的私人空间内关着门不出来。尽管没有人来，玛丽还是坚持习惯敞开门工作，这样，她至少心理上觉得不那么憋闷。

这一天，同事琳达跑进了她的办公室请求帮忙。玛丽很高兴地跟她下楼，帮她把新到的书搬了上来。琳达与玛丽虽然认识但并不熟，只是看到她的门开着，所以喊了她。这件事之后，她们开始打招呼，

慢慢熟了起来。琳达成了玛丽在设计院的第一位朋友。

从那以后，来找玛丽的人越来越多。无论是寻求帮助，还是闲暇时聊天，很多同事都愿意走进她的办公室，因为这是整栋楼唯一开着的一扇门。面对同事的各种需求，玛丽也都乐于给予帮助，作为一个职场新人的她，虽然相貌平平，但得到了全设计院同事的肯定。终于有一天院长急匆匆走进了她的办公室："请问，你打字快吗？我急需一份资料，需要马上打印出来。"显然院长对这位员工并不熟悉，只是因为玛丽的办公室开着门，所以才走了进来。而后玛丽迅速地按照院长的要求完成了任务，让院长一下子就记住了这个新来的女孩。从此以后，来玛丽办公室"串门"的不仅有同事，院长也常常会走过来找她协助工作。玛丽变成了全设计院最忙的一位员工。

年底的时候，院长需要一位助理，玛丽顺其自然地当选了。普通的小女孩，凭借着优秀的性格，从职场新人摇身变成了中层职员，玛丽的华丽蜕变只用了一年的时间。

成长感悟

有人曾经进行过一项调查，据说相貌姣好的女性在职场上升职的机会要比普通女性高 30%。其实通过玛丽的职场生涯我们可以看出，优秀的性格特征，如乐于助人、开朗活跃，更能赢得人们的喜爱，帮你争得更多更好的机遇。

蔷薇与玫瑰

蔷薇与玫瑰是两种风格截然不同的花。玫瑰香艳傲人，在万花丛中，绝对是夺人眼球的那一朵。而蔷薇则有一种耐人寻味的美。它们就好像英国王储查尔斯的两任妻子，戴安娜王妃绝对是不折不扣的玫瑰，而卡米拉便是温润且耐人寻味的蔷薇。

经过30余年的苦恋，卡米拉与查尔斯王储有情人终成眷属。在那场低调并不华丽的婚礼上，我们看到57岁的卡米拉，虽然美丽的容颜已不再，满脸布满皱纹，但他们30余载不变的感情却着实令人感动。

有人说卡米拉的外貌相距戴安娜甚远，凭什么能够博取王储的感情呢？但八卦媒体曾经将两人性格进行过对比，通过对比我们不难发现，原来倔强的蔷薇亦能打败傲人的玫瑰。

卡米拉 VS 戴安娜

野百合 VS 温室花朵

很多人觉得，卡米拉就像山谷里的野百合，开得自然奔放，坚强而倔强。虽然外貌不敌戴安娜，但她的社交能力极强，17岁时就被专栏作家誉为"充满魅力的女孩"。而戴安娜绝对是温室里的花朵，美丽娇艳，不谙世事。

身着随意 VS 奢侈时尚

与戴安娜王妃得体奢侈的装扮相比，身着随意的卡米拉就好像是一个家庭妇女，英国媒体甚至评论卡米拉总像没有洗脸梳头就出门一样。

自信 VS 羞怯

卡米拉的性格自信开朗，与查尔斯相处的时候也非常随意；戴安娜则一直小心翼翼、羞怯含蓄地称查尔斯为"阁下"。在卡米拉与王室成员相处的时候，她可以和他们自然流利地开着各种玩笑，全心投入与王室成员的游戏娱乐活动中，这一点也是戴安娜与之的差距。

成长感悟

我们总说才子配佳人、爱江山更爱美人，从小也是听着王子跟美丽公主幸福生活的故事长大的。但实际生活中无数的例子证明，一个花瓶一样的、甚至有些做作的美人，并不敌一个相貌平平但志趣相投、性格契合的爱侣。

盲人女孩的微笑

那年夏天，一个晴朗的下午，一位母亲带着女儿去留学中心咨询留学美国的问题。这位母亲看起来40多岁，衣着朴素、面容慈祥。接待她们的是刚刚步入职场的我。

我赶忙招呼她们坐下，母亲向女孩儿介绍："她是咱们事先约好的老师。"这女孩并没有看我，只是礼貌地微笑了一下，轻轻"嗯"了一声。当时我心里还在打鼓，她是不是对我不满意呢？

接下来的谈话中，我仔细观察坐在对面的这位女孩，那是一个多么漂亮的女孩啊！皮肤雪白，五官精致，透过墨镜，我能看到她有一双水汪汪的大眼睛。她静静地坐在那里，自始至终都没有看我一眼。

母亲看出了我的疑虑，对我讲："我女儿是盲人。"听到这，我顿时一惊，心里有一种说不出的滋味，暗自为女孩可惜。但是这位女孩子却在一旁平静地微笑着，让我看到了她微笑背后坚强的力量。

后来母亲对我介绍了女孩的情况：她从小就看不见，但家人从

来没有放弃对她的培养，她自己也没有因为身体的缺陷而自卑，反而更加坚强地面对生活。以优异的成绩考入了国内的名牌大学。

现在眼看女孩大学即将毕业，她的梦想就是要去美国攻读钢琴专业的硕士学位，所以才来找我咨询的。母女俩还希望能够申请到全额的奖学金。我知道要想申请到去美国留学的机会可能并不难，但是全额的奖学金却很难得到。我用最婉转的措辞，告诉了母女俩这一情况后，女孩依然坚定地告诉我，她一定要努力达成梦想。

面对她的坚决，我决定全力帮助女孩完成她的心愿。在我们整个一下午的谈话过程中，我看到的是她性格的坚韧不拔，并没有对世事的抱怨，她乐观豁达的心态深深地震撼了我，可能是上天的疏忽，忘了打开遮在她眼前的窗帘，给她一世黑暗，但女孩并没有停止自己前进的脚步。

两年后，在女孩不断地努力下，最终拿到了美国一所大学的Offer，并获得了全额奖学金。

成长感悟

女孩的经历给我们很多启示，快乐、自信并不只源于外表的健康美丽，谁说性格坚强、百折不挠就不能给人们美丽的印象呢？

感谢你曾经嘲笑我

当今的美国副总统拜登曾有很严重的口吃，他说从小学开始一直到大学期间，他都不能顺畅地说话，这让拜登从小就受尽了嘲讽与冷落，甚至老师在新生入学自我介绍的时候，都不等拜登介绍完自己，就直接打断了他。儿时的拜登经常偷偷落泪，但是他并没有因为大家的嘲笑而一蹶不振。"当你口吃的时候，别人就会因此交流不畅，嘲笑你认为你是傻子。"拜登说，所以他保持微笑，忍辱负重，每天坚持在镜子前大声地朗诵文章。通过非常刻苦的练习，拜登不仅成为了一名优秀的演说家，同时成为了美国的副总统。

与拜登同有口吃问题的傅佩荣先生，目前他是影响全球华人的国学大师，他在耶鲁大学博士毕业，在台湾大学哲学系任教授，他的"哲学与人生"课程在台湾大学开设了17年，至今为止，每堂课都座无虚席。

2009年，他接受中央电视台邀请，在《百家讲坛》主讲《孟子的智慧》，得到观众们的认可。然而，就是这样一位在演讲、教学研究、写作、翻译等方面都作出了卓越成就的学者，却曾经饱受周遭人的嘲笑与歧视。

据说，小学时的傅佩荣非常调皮，有个同学口吃，他常常模仿这位同学。却不料久而久之，他自己也不能流畅地讲话了。此后的九年时间里，傅佩荣常常因口吃被人视为笑柄，这给他带来了极大的心理压力。经过长时间不懈的努力，傅佩荣终于克服了口吃的毛病，成为了一位伟大的学者。有一次，电视台要对他进行采访。那天天气很热，他仍然坚

持穿着西服，拍摄场地又没有设置麦克风，他就需要大喊着说话。一场访谈下来，嗓子都喊哑了，这让周围的工作人员甚是钦佩，觉得他没有名人的架子。傅佩荣对工作人员说，我这样做是因为我曾经嘲笑过别人，也被别人嘲笑过，这使我失去了已有的优越感；另外因为曾经的口吃，导致我现在非常珍惜自己的每一次讲话。

成长感悟

所有的外在表现，仅仅是你外部的特征，不能代表你内心的强大，也埋没不了你巨大的潜能。不要因为外在因素的不足而变得自卑，坚韧、勇敢的性格才是你最大的财富，才能让你在人生的舞台上活得漂亮！

"丑女"成功论

在广告界和社交界，有这么一位大腕级人物。这位女性外貌平平，甚至有人认为她长得很丑。但她不仅凭借着自己的能力供职于一家著名电视台的广告部，且业务精通，做得如鱼得水。在整个行业中，她都是响当当的名人，这使得许多美女同行都望尘莫及。大家怎么也琢磨不透她到底有什么"绝招"，能在这个对外貌要求严苛的行业内能做得如此之好。

后来听说她去谈广告时，总是开门见山，先微笑着对客户说："知道您第一印象认为我长得丑，但正因为如此，我才不会像很多人那样去耍什么手段来赢得成功，只能凭借自己的诚意和踏实的工作来赢得您的合作……"

开场白后，她便在温和、朴素的言辞中侃侃而谈，言语中不时闪烁的一份幽默、自信和睿智，有力地感染和征服了对方。这样何愁拿不到大的单子？

后来有朋友劝她打扮打扮，用化妆掩盖一下容貌上的缺陷，甚至也有人劝她去整整容，而她却说："我为什么要改变自己呢？每个人都有自己的特点，有时外表的缺点反而是他的特点，我长得这么让人过目不忘，难道不是我最大的优势吗？女人漂亮又有何用？青春这碗饭只能吃一时，而我靠自己的实力、开朗坦诚的性格赢得的信誉却是永久的。我用知识武装起来的头脑比用高级化妆品堆砌的脸蛋更能撼动他人！"

成长感悟

青春靓丽的确是每个人所追求的，不光是男性喜欢美女，看到漂亮的女孩，连同性也会禁不住多看几眼，这就是所谓的爱美之心人皆有之吧。但是面对与生俱来的外表不足，我们完全可以通过内因的改变来弥补。更何况外表的靓丽只是一朝一夕，内心的强大才是天长地久！

丑小鸭的故事

　　小黄和小绿是两只小鸭子，有天它们很凑巧地碰上了，就这样认识了。日子一天天过去，它们从小玩到大，一起生活一起觅食，彼此之间产生了深厚的感情和信任。本来它们打算就这样过一辈子。

　　直到有一天，小黄对小绿说："我要走了，去外面闯一闯，听妈妈说外面的世界很大，还有很多我们没有去过的地方，能学到很多本领和知识，如果过得不好，我几天就回来，如果发展得顺利，几年后我再回来，你一定要等我。"小绿听后说："好吧，去外面看看，多学习多了解，回来给我讲讲外面的世界。"

　　第二天小黄走了，剩小绿自己打发时间，延续它们以前的日子。而小黄呢，来到了花花世界，外面的世界精彩得很，鸟、鹅们都长着丰厚的羽毛，漂亮极了。小黄也找来了许多假羽毛装饰在自己的身上，打扮一番后的小黄，变得真是漂亮，也赢得了许多天鹅的追求。小黄渐渐地习惯了被人追求的生

活，忘记了自己出来时要学本领、学知识的初衷。

时间就这样一天一天过去了，转眼就过去了一年。

一天，小绿身边飞来了一只美丽的天鹅，天鹅对小绿说："还记得我吗？我是小黄！"小绿看了很吃惊，因为眼前的小黄已经变得那么美丽。小绿激动地对小黄说："你终于回来了，在没有你的这一年里，我真的好孤独哦，这回你不走了吧？"小黄说："我来是想告诉你，你别再等我了，在外面的这段时间里，虽然我觉得没有和你在一起时那么无忧无虑，但有好多英俊多金的天鹅追我，衣食无忧的我也很快乐。但是再看看你，一年了你还是一只丑小鸭，你拿什么养我呢？"小绿无言以对，它很想说："这样的生活真的不错。"但它看到小黄美丽的外表时，也不知道说什么好，转头进了芦苇丛。

又过了几年，小绿有了自己的孩子，这天一只羽毛稀少的老鸭来到了芦苇塘，小绿惊讶地发现，小黄回来了！小绿不解地问："你不是在天鹅那边过得很好吗，为何是这个样子？"小黄无奈地说："假的就是假的，再怎么装扮也真不了！"看到小绿幸福的生活，小黄也只能怪自己当年少不更事。

成长感悟

外表的美丽通常会被人们看得很重要，尤其在当今这个浮躁的社会，炒作、整容等，媒体不健康的引导，导致大家对美产生了畸形的理解。

有人试图通过整容来改变自己的容貌，但容貌变了，周遭人对你的看法就不会变吗？容貌好看了就能换来生活、事业的成功吗？很多事实证明并不是这个样子。外表再光鲜，也抵不过时间流逝的改变；而相反唯有内心的丰满，才能让你活得精彩、活得靓丽。

没有腿的女孩可以走多远

宋胭脂，一个非常好听的名字。这个叫胭脂的女孩出生在黄河小浪底附近的村子。胭脂很爱漂亮，虽然出身贫寒，可她依然爱美，爱运动。但和许多爱美的女孩不同，胭脂学习也很刻苦，对自己的要求极高。她的考试成绩在班级里总是第一名，偶尔考试成绩落到了第二，她就会非常难过。

就是这么一个优秀的女生，在她11岁的时候，被一场突发的灾难夺去了两条腿。这个11岁的女孩，这个心比天高的女孩，突然被截肢，在一般人看来，她有可能会产生轻生的念头。

可事实却让大家松了一口气，女孩只是无声地哭了一会儿，之后好长时间没有说话，也没有任何异常。

几个月后的一天，同学们一起去看望她时，女孩忽然笑了，坐在轮椅上的她伸出手来，边笑边说："谁敢和我掰手腕？"

同学们大惊，结果比试了一下，无论是女生还是男生没一个人能赢得了她。同学们这才发现，没有腿的她，双手和胳膊非常健美，而且力大无穷。同学们在回家的路上，不禁感叹道："胭脂仍然是我们班的第一名！"

之后的日子里，胭脂学会了上网，通过网络她知道残疾人射箭队正在招募队员，胭脂不假思索地报了名。去面试的时候，领队一眼就看中了胭脂健康的上半身，凭借她的条件，只要进行一些正规的训练，就

可以成为一名优秀的射箭队员。从此，失去双腿的胭脂开始了新的生活。坐在轮椅上的她从未因双腿的缺损而变得自卑，反而更加倔强、坚强。

胭脂勤学苦练，通过自己不懈地努力，在 2011 年 6 月举行的全国第八届残运会上荣获了 4 枚银牌。对于一个只经过不到一年训练的她来说，简直是个奇迹。

面对家人和朋友的祝福，胭脂却心有不甘地说："我还是输了，但是下届运动会，金牌一定是我的！"

成长感悟

残疾人能够走到的境界，往往我们正常人都攀爬不到。想想那些很多身体条件正常的人，经常会因为自己的外貌没有特点，长得不好看而自怨自艾；再回头看看像胭脂这样坚强的残疾人所成就的一切，作为正常人的我们，还有什么资格自卑、抱怨？

坚强性格才美丽

这个叫珍妮的小姑娘，13岁时因为一篇医生报告的出现，完全打乱了她的生活。

医生报告指出，她患上了白血球过多症。虽然珍妮还不知道什么叫白血球过多。但接下来的几个月，她不断地受到病症的折磨，以至于她必须经常到医院接受检查，并进行化疗。通过化学疗法可以拯救生命，但是她的头发因此全掉了。以前，她在学校相当受同学欢迎，很多人都喜欢与她接触。过去在学校她还是啦啦队队长，像小公主一样被同学围绕着，但随着她的生病、头发的减少，事情似乎改变了。

对一个步入青春期的女孩而言，头发掉光简直是无法让人接受的。她的家人开始担心了。在新学期开始的时候为她戴上了假发。虽然那顶假发佩戴起来，会让珍妮感到痒，感觉不舒服，可是她还是戴着。她不想被同学嘲笑、讥讽，成为全学校的"焦点"。但即使这样，在新学年开始的前一两个礼拜，她还是会遭到同学的戏弄，假发被人从后头拉走至少5次。每次她都停下步子、弯腰、捡起假发戴好它，甩掉眼泪若无其事地走回座位。噩梦般的生活持续了两个星期。她告诉父母，自己实在无法坚持下去了，她说头发没了不可怕，可怕的是朋友也没有了，他们嘲笑我，像躲避瘟疫一样躲着我。

珍妮的父母听到这些非常痛心，打算让她回家休养，这时珍妮偶然听到两个坚强勇敢的孩子的故事，使她重拾信心。受到鼓舞的珍妮决

定，一如既往地去上学，戴上假发，还要把自己打扮得很漂亮。

到了学校，珍妮出人意料地把假发摘了下来，放到桌子上。在学校里寻找她真正的朋友，她说："能接受我现在的人，才是我真正的朋友！"这天出乎意料，她走过学校操场，走过走廊，走过餐厅时，没有一个同学大声嘲讽她，没有一个人敢捉弄这个勇敢的女孩。珍妮成功了，自信的她不仅重拾信心，也重新被好朋友接受。

成长感悟

不要因为自己的缺陷而自卑恐惧，上天造就了你，无论是优势还是劣势，你都要善于运用它们，无论面临痛苦、绝望、沉沦、困境，都要坚持做你自己，做坚强自信的自己！这样的女孩才是真的美丽。

关上门打开窗

苏珊是意大利人，她出生在很久以前的庞贝古城。自从出生，她就双目失明，从小到大生活中遇到很多不便，面临过太多的挫折，也被同学嘲笑过。

因为她是盲人，从没见过自己的样子，苏珊也不知道自己是不是真像小伙伴说得那样丑陋。但是苏珊从来没有垂头丧气或者怨天尤人过。甚至在稍稍长大一点后，她还会拒绝家人过分的呵护。当别人出于同情而给予帮助时，她也会微笑谢绝，坚持要像个正常人一样参加工作。她靠卖花自食其力，闻到鲜花的芳香，她好像看到了朝气蓬勃的自己。苏珊非常热爱生活，虽然看不见，虽然生活艰苦，但她对一切都充满了信心和希望。

几年后，由于维苏威火山大爆发，庞贝古城突然陷入空前的灾难中，整个城市都被浓烟笼罩了。整个城市一片漆黑，火山灰遮住了太阳、月亮。处于黑暗中的居民惊慌失措地乱跑着，但无论如何也找

不到出路。

就在大家乱作一团的时候，苏珊出现了，她凭借自己多年来走街串巷卖花积累的经验，熟练地带着大家前进，并凭借盲人特有的嗅觉、听觉优势引领大家避开了很多危险。最终，这位向来被大家嘲笑、无视的盲人女孩，成了拯救了成千上万市民的英雄。她的名字也被写入了传记和小说中，并一直流传至今。

成长感悟

没有一个人与生俱来是完美的，也没有一个人注定一生不会被人们关注，公平的上苍一直在遵循着一个原则，那就是：为你关闭一扇门的同时，还会为你打开一扇窗。

让生命化蛹为蝶

在美国加州的一个小镇上有个小女孩，因为疾病，她左脸局部麻痹，嘴角变形。疾病使她相貌变得丑陋，说话口吃，而且在讲话时嘴巴还总是歪向一边，还有一只耳朵也失聪了。随着孩子年龄的增大，每次出门女孩都会被淘气的孩子们嘲笑、戏弄，他们叫她丑八怪。

每每听到这些，她的母亲就陷入深深的痛苦之中："一个来到世界上没几年的孩子，剩下的几十年里都要伴随不幸命运的折磨，她以后该怎么生活啊？"但家人除了对女孩倍加爱护之外，也没有其他的办法。

然而，上帝似乎赐予了孩子强大的力量。她好像比一般的孩子成熟得更早。面对周围孩子嘲笑、讥讽的话语和目光，她开始学会接受。虽然女孩也会自卑，但她更有不卑不亢、发愤图强的意志。当别的孩子沉迷于游戏、美食的时候，女孩则沉浸在书本中，她在一些名人传记中学到了坚强，学到了一种永不放弃的精神。

为了矫正自己的口吃，女孩学会了一位有名的演说家的训练方法——嘴里含着小石子讲话。日子一天一天过去，女孩每天都坚持训练两个小时。看着嘴巴和舌头被石子磨烂的女儿，母亲的心仿佛正在滴血，她心疼地抱着她流眼泪："不要练了，妈妈是你坚强的后盾，会永远地陪着你。"懂事的她很坚强，替妈妈擦干脸上的眼泪说："妈妈，书上说，每一只漂亮的蝴蝶，都要自己冲破茧的束缚后才可以飞翔的，如果靠别人帮助破茧，那样的蝴蝶是不美丽的。我要做一只美丽的蝴蝶。"

后来，功夫不负有心人，她能流利地讲话了。会说话的她走进学校，努力学习，同时又因为她的善良，身边的朋友越来越多，周围的人没谁会嘲笑她，有的只是对她的敬佩和喜爱。毕业后，女孩的母亲帮她找到了一份工作，她又婉言拒绝了，依旧是那句话："妈妈，我要做一只美丽的蝴蝶，凭借自己的努力找到工作。"果真，女孩凭借自己过硬的知识，优秀的成绩，与正常人一起参与竞争，最终获得计算机程序员的工作。如今的她已经成为了这家公司的副总裁。一只茧终于凭借自己的力量幻化成蝶，美丽的蝴蝶！

成长感悟

有些与生俱来的东西我们无力去改变，比如贫寒的家境、丑陋的容貌，这些都是生命中束缚我们的"茧"。我们可以凭借自己后天的能力，如坚强、勇敢、自信等美好的性格，来帮助我们冲破茧的束缚，经历过那样的蜕变你才会发现，如今的自己虽然外貌并没有得到改变，但仍然能在人群中脱颖而出，这就是性格的魅力所在！

缺陷可能也是优势

在我国唐朝时期，人们评判美女的标准是身材丰腴；到了如今，现代人则以瘦为美，女孩们总将减肥挂在嘴边。很多胖女孩因此感到相当的自卑，无论是在学校还是职场，胖胖的女生好像总不会得到周围人的青睐。其实完全不必自卑，活出自己的特点，也许缺陷也是一种优势呢。

据说，在很久以前，夏威夷国王想为双胞胎王子娶媳妇，便叫来大王子问："喜欢什么样的女性？"王子说："我喜欢瘦的女孩。"消息不胫而走，全城的年轻女性想："如果我瘦一点的话，或许能被王子选中，攀上枝头做凤凰。"于是大家争先恐后地开始减肥。

短短的一个多月时间，岛上的未婚女性几乎没有胖的了。不仅如此，更有一些女孩因为一味地追求骨感而饿死。

但后来王子娶妻的事情出现了戏剧性的变化，大王子因生急病骤然离世，因此国王仓促决定由弟弟来继承王位。于是，国王就要为小王子娶媳妇，便问他同样的问题。小王子说："我比较喜欢丰满的女性。"这一消息传出去，岛上的女孩们又开始疯狂地增肥，姑娘们的疯狂举动严重地影响到了岛上的食物储备。最后没想到，王子选择了一位身材适中的女性，理由是："她不盲目跟从，适终保持健康的体态。"

成长感悟

每个人都有缺陷，要知道你的缺陷可能是你的优势，积极地面对你的缺陷，用对了地方，那缺陷也就变成了优势。不要过度地关注自己的缺陷，更不能为了迎合世俗改变自己，真性情真本色才是真正的魅力所在。

被美丽耽误

很多女孩羡慕漂亮的女生，甚至有人不惜通过"动刀"整容来改变自己的容貌，以为那样就改变了命运。看看电视、网络，满眼的人造美女。但是，静下来思考一下，我们真的会因美貌而结交好运吗？可能也未必如此吧。

美国好莱坞著名影星海迪·拉玛尔曾经说过："如果我长得不美丽，我可以比现在活得更好。"原因就是，这位著名影星在步入娱乐圈前，在电子科学研究领域颇有造诣，她还获得过美国电子科学基金会颁发的荣誉奖。后来因为长得漂亮，她偶然踏入了娱乐圈而荒废了自己的研究。年老后的拉玛尔非常后悔，因为那时的她，除了岁月留给她的年老面容外，其他一无所有。

在北京也有一位漂亮的车模，因为美丽的外貌而阻碍了自己前进的脚步。美女车模名叫鸿，她在整个圈子里面都小有名气。没错，是因她长相更标志，所以只要有车展，汽车展商们总是会找到她。但今年的车展，那位经常和她合作的老板并没有跟她联系。那位老板以前曾多次对她表示爱慕之情，而她却没有理会，她想会不会因此而得罪老板，导致失去了工作机会呢？后来通过多方打听，鸿才知道，原来是因为那位老板嫌她长得太漂亮了，唯恐顾客把注意力转移到鸿身上，要知道车展看的是车，而不是车模。

于是，今年的车展她并没有找到合适的合作对象。闲暇的时候走

到一家餐馆喝下午茶，突然发现，这是好朋友那欣开的店。鸿想起来，那欣在几年前准备开店的时候，还拉她入股，只是她并不想太操心生意，觉得当模特不用费心思，收入又高，所以谢绝了朋友的邀请。

如今那欣的餐馆已经开了六家分店，鸿看了心里真是觉得后悔，如果当初听了那欣的劝告，为自己留一条后路，也不会像如今这般被动。

成长感悟

水能载舟亦能覆舟，美丽的外貌也是如此。漂亮的外表在一定程度上可能会给你的事业发展起到辅助作用，同时亦能让爱美的女生们放慢前进的脚步。所以我们不能被暂时的美丽蒙蔽双眼。只有武装心灵，拥有优秀的性格才能永远不被社会所淘汰。

有时自卑也是一种美

那天偶然间看到电视台正在采访台湾导演许鞍华，以前只是听说过这个响亮的名字，看过她指导的电影，但是对于她的背景没有任何了解。直到看完了整个节目，才发现自己已经完全被这位华人女导演所打动。

一直以来，印象中的导演应该是说一不二、自信满满的大人物，尤其是女导演，更应该是叱咤风云的女子，一个能引领港台电影浪潮的大导演怎么可能不是这样的呢？但当她走上台来，就先是报以羞涩的微笑，再是孩子气地说自己胖，一下让我感到了她的特别。主持人问及她的新年愿望时，她并没有说一些例如拍出好作品之类的冠冕堂皇的话，她的愿望只有两个字：减肥。看着这位55岁的女强人，满眼的自卑与谦逊，我觉得眼前的这位大导演像孩子一样的可爱和单纯。

主持人又问她："拍了这么多好电影，会不会觉得自己特别出色，而且现在那么多香港大导演最初都是做你的跟班起步的，为这你感到骄傲吗？"许鞍华却笑着说："出色？没有觉得，我始终都是很自卑的人呢。"主持人疑虑："你这么出色的女人都会自卑？"她笑笑说："我身上有好多不足，它们足以让我自卑，比如我长得这么不好看，又不会做家务，开车也不行，至今我都不能分清左右，还会把刹车当油门。人多的时候我还不会讲话，等等。在生活中我简直就是个不能"自理"的人。所以，可能也正因为经常自卑，才让我会更加努力，有了今天的成

就。记得上学的时候，因为我外表不好看，也没有享受过被男孩子追求的美好。于是那时候我就认真地学习，发誓要在这些方面超过那些所谓漂亮的女孩子，在学校我的学习成绩是一流的，从没有考过第二名。后来我出来工作，也尽量要自己做到最好。但做一个电影人，还是会让我感到自卑，因为每部片子都会有一些小小的遗憾留在里面，让我超越不了自己。"

她说完这段话，全场顿时响起了热烈的掌声。因为她的谦逊，因为她的自卑，让我觉得她是美的。

这样让我联想到现实生活中的我们，总是如孔雀开屏，不断地向人们展示着自己外貌的优势，亦或暴露自己的强项，于是责怪着生活待我们不公，却从来不曾回顾自己的缺陷与瑕疵。

其实有时候，自卑，并不代表懦弱，也不是低下头委屈自己。这种内敛的个性也是一种美，它可以让我们真实地察觉到自己的短处，也能让外界感受到我们纯真的那一面。如果没有那种刻骨的自卑，也许如今许鞍华依然是一个平常的女人。正是有了自卑，她才会成为一代名导，会在 55 岁时依然那样美丽而智慧！

成长感悟

美丽的外表会随着时间的流逝而消亡，只有美好的性格，才能在时间的长河中被历练成永恒的美被世人所记住。

丑女的魅力

在深圳有一家广告公司，这年暑假，广告公司人力资源部总监到一所重点大学"招兵买马"。通过几轮筛选，挑中了两个女孩，她们的学习成绩都相当好。一位姓王的女孩天生丽质，而另一个方姓女孩却面部黝黑，相貌平平。

进入公司以后，人事部"以貌取人"，让漂亮的小王负责销售工作，专门与客户打交道，负责招待客户、谈判、签单子；长相普通的小方则被安排在"后方"，处理一些简单的行政工作，每天负责打印、接电话及煮咖啡。

公司同事们认为这样安排太不公平，但小方却毫不抱怨。试用期的那三个月，尽管小方恪尽职守，业绩却不佳，正像一些人所预料的那样，她被"炒鱿鱼"只是时间问题了。然而，从第四个月起，职场形式骤变，小王没有拿下的一张超过25万元的大单子，竟被小方谈了下来。这件事在广告公司引起了轰动，许多人对小方的成功投来了怀疑的目光。

此后，小方又从一些外商手里陆续拿到一个又一个广告单子，销售业绩领先所有人之上，彻底地盖过了小王的光彩。小王对此很不服气，认为有人从中作梗。

一次偶然的机会，小王遇到了一位与小方签约的客户，便不禁问道："小方是怎样打动您的？"这位客户说："打动我的是她的坦诚、直爽、率真，在谈判过程中她始终把自己的位置放得很低，我们就像朋友一样

在谈论我们共同的事业与未来。"

　　小王听到这，不禁回顾起自己以前的谈判经历，原来自己与小方的工作能力和性格特点相差如此悬殊，原来自己的美貌，真的抵不过谦和、坦诚、聪颖的优秀性格，她输得心服口服。

成长感悟

　　爱美之心人皆有之，每个人活在世上，都希望自己的外表靓丽一些，着装体面一些。尤其是我们女孩子，姣好的容貌在一定程度上的确会成为不小的优势。但经过世事的磨砺我们会发现，即使在娱乐行业、公关行业，美貌的外表，可能并不如坦诚、率真、谦逊更得人心。

东施效颦

东施效颦的故事很多人都听说过。它讲的是一个有关模仿的故事：相传在春秋时期，越国有位美女名叫西施。西施的皮肤吹弹可破，五官精致无暇，她的举手投足、一颦一笑都非常惹人喜爱。

但是这位美女却身患心病，经常会心口痛，每次犯病的时候，她都会紧锁眉头，手捂胸口，可就连她生病时的样子，都一样受人喜爱。而东施则是乡下的一位村妇，据传她外貌丑陋，举止也不文雅，每天她都做着美女梦，今天换个头型，明天换件衣服，可无论怎样，村里人依然觉得她很丑陋。这天东施看到了西施，碰巧此时西施又犯了心病。东施一下子被西施的举动所吸引，回到家她也学着西施的样子手捂胸口，这样矫揉造作的动作让东施变得更难看了。走在路上人们纷纷朝她投来异样的目光，村里的男女老少看到她都远远地避开了。

这个傻女人只知道西施皱眉的样子很美，却不知道西施的美源自何处，就盲目地模仿，结果反而成为别人的笑柄。

成长感悟

世界上没有完全相同的两片树叶，亦没有相同的两个人。人们的外貌千差万别，性格也有不同之处。正因为如此，才构成了这个丰富的世界，也正因有了差异，人和人之间才有不同的特性。外貌容颜的美丽只是一时，活泼开朗、乐于助人、善良豁达的性格，才能使人从内而外散发着魅力。

用脚飞翔的舞者

　　有人问我，什么样的女孩才是美丽的，大眼睛？高鼻梁？樱桃嘴？不，我觉得性格坚强的女孩，才是最美丽的，就像她……

　　莲娜玛利亚是一位残疾女孩，她从一出生就没有双臂，左腿也只有正常人的一半长。当她被护士从产房中抱出来的时候，所有家属都沉默了，没有一个人有迎接新生儿的喜悦。

　　经过深思熟虑，莲娜的父母决定将自己的女儿抚养成人，坚决不会将她送到孤儿院。让人惊喜的是，莲娜在出生一个多月后，就已经可以用自己的小脚丫玩儿玩具了，也会不时地将自己的脚放到嘴里。之后，妈妈坚定地要她自己站起来，学走路。到了3岁，父亲准备教莲娜学游泳。所有人都认为他们疯了。双臂都没有了怎么游泳？可偏偏莲娜学会了，像条小鱼儿徜徉在水里。

　　随着莲娜年龄的增长，她

开始刻苦、系统地学习游泳，并且在她成年后参加了残疾人运动会，与全世界的残障人士一同竞技。

除了游泳，莲娜还学会了开车，学会了用脚缝制衣服、绘画，生活自理问题也更不在话下。面对苦难，莲娜没有自卑、颓败，而是昂起头自信地面对人生，她残而不废的精神鼓舞着很多人。生活中的莲娜，还是个俏皮幽默的女孩，后来一个帅哥爱上了她，向她求婚。如今拥有幸福家庭的莲娜，又站在了歌唱的舞台上，开办了属于自己的演唱会。在中国台北的那场演出结束后，观众的掌声久久未停。她不畏困苦，敢与命运叫嚣的精神，撼动了在场的所有人！

成长感悟

生活的苦难，考验着坚强的人。没有一个人，生来注定一帆风顺，但是也没有任何一种困难是难以战胜的，没有任何一片沼泽是永远走不出的。坚强的莲娜，虽然肢体残障，但通过自己加倍的努力让我们看到了她的美，跟正常人一样的美。

有一种美丽叫认真

在美国芝加哥市有一位很特别的女教师，这位女教师名叫卡罗纳，从1991年起一直在那个名叫罗爱德小镇的小学任教，今年卡罗纳已经45岁了。

前不久，罗爱德镇的教育局为卡罗纳举行了一次摄影展览，展出的作品都是她以女儿为主人公所拍的生活照片。在没有任何宣传、炒作的前提下，居然从美国各地来了近3000位记者，这打破了美国个人摄影展览媒体到场人数的历史纪录。

有人觉得不可思议，为什么一个普通的、从未接受过任何摄影学习的女教师，会举办影展，而且还引起了那么多家媒体的广泛关注？其实并没有什么特殊，卡罗纳的生活很一般，唯一不同的是，她坚持每天给女儿珍妮照一张像，从女儿出生到今年已经20年了，也就是说她足足照了20年，共拍摄7300多张照片，她觉得每天女儿都会有新的变化。于是这次影展也被她命名为：女儿每天都是新的。

这7300多幅照片，足足摆到了展览馆的第八层。仔细看看平心而论，这些照片并没有什么拍摄技巧所言，内容也非常一般，甚至可以用千篇一律来形容。

然而，就是这些平凡的照片，感动了整个美国，让这个小镇的女教师扬名于世界，因为它体现了卡罗纳对生活的认真与热爱，以及对女儿珍妮永恒的爱。

成长感悟

认真、坚持、永恒，三者加在一起谁敢说那不是美丽的人、美丽的人生？平凡的生活中，就需要这种认真执著来铸就伟大！

力量的乐章

罗琳娜是国内一所重点大学的本科毕业生，刚毕业的她由于个头矮小，长相属中下等，所以在找工作的时候屡屡碰壁。虽说她在学校的成绩好，是个能吃苦的女孩，相信到了工作岗位也一定会有所作为，但就因为自己的外貌，很多面试官都不给她展示自己的机会，就把她婉言拒绝了。

试了数十家单位之后，罗琳娜好不容易在一家服装公司面试成功，获得了一名普通小职员的工作机会。对于这家公司的待遇，罗琳娜还是比较满意的，但她觉得这份工资离自己的理想还相差甚远。为了填饱肚子，她也只好先放下理想来到这家公司解决"温饱问题"。

这天一早，罗琳娜像往常一样去公司上班，结果，刚一进大门就被部门经理喊到办公室大骂了一顿。原因是她没能按约定，如期地把货送到买家手上。其实是因为前一天公司的货车全被派出去了，她也只是迟了一天的时间，就因为这些，罗琳娜被骂得一文不值。想想到公司后，因为自己像个丑小鸭，被同事背地里嘲讽、欺负的镜头，罗琳娜一气之下扯下工作牌，辞职不干了。

走在夕阳西下的街头，看着来来往往的人流，罗琳娜突然觉得找不到生活的方向。走着走着，她发现自己已经到了临近市郊的一片高档公寓区，这里环境很美，还配有会所和一座很大的人造湖景观。站在湖边沐浴着微风，罗琳娜突然暂时忘记了工作的烦恼。这时，悠扬的琴声

传入她的耳畔。罗琳娜从小就喜欢音乐，听到熟悉的《致爱丽丝》她觉得亲切极了，顺着琴声，不知不觉地走到了公寓会所处。透过窗户向里看，弹钢琴的是一位女孩，她有着黑色如瀑布般的头发，纤细的身材。但顺着女孩的身体往下看，琳娜吃惊极了，她怎么也没想到，这么好听的旋律是这女孩坐在轮椅上完成的。一曲奏毕，女孩看到了惊讶的罗琳娜，继而冲她微笑地点了点头。

罗琳娜突然觉得，这女孩的五官虽然不算精致，但她弹琴时的样子，还有她对自己点头微笑的样子都是那么美。沉思了片刻，琳娜觉得与女孩相比，自己的那点苦恼真的不值一提。一个人美丽与否的标志，不仅仅是她的外貌，还有坚忍不拔的性格、自信开朗的态度。这些亦能令人从内而外散发美丽。残疾女孩都能够用乐观积极的心态面对生活，我又有什么不可以呢？

成长感悟

外在美和内在美表现的是一个人的两个方面，这两点共同构成了个体的整体美感。外在美易于被人们发现，但是如果没有内在美的辅助，那外表的美丽将会是昙花一现。而只有内在性格的美好，才能给人以长久、稳定、深刻的美感享受。

西瓜与哈密瓜

哈密瓜和西瓜是两个截然不同的瓜类品种，一个外表粗糙，一个表面光鲜亮丽。这天，在熙熙攘攘的水果市场，一批新鲜的哈密瓜上市了，引得周围的人们蜂拥而上，而旁边一大堆绿皮西瓜却无人问津。

西瓜们看到这情况，生气极了。一个绿皮西瓜羡慕地跟旁边的西瓜说："看它们难看的样子，皮上都是粗糙的纹理。我们的皮肤光滑亮丽，比它们强一百倍，为什么要受到冷落？"

旁边的一个哈密瓜听到了，对绿皮西瓜说："朋友，你的想法大错特错了，虽然我们外表不美，但是我们可都是忍受了巨大的成长痛苦，历练出了香甜的瓜瓤，所以才这般惹人喜爱。"

绿皮西瓜不屑一顾地问："哼，此话怎讲？你们有什么特别之处，承受了怎样的痛苦呢？"

哈密瓜回答道："几千年前，新疆吐鲁番盆地草原辽阔，水源丰富，牛羊遍野。那时的我们和你们一样，并不像现在这样甜。"听到这，西瓜问道："后来发生了什么？"

"后来，因为气候的巨大变化，天灾加上战争，使得大片大片的草原变成沙漠，清澈的湖水渐渐干涸。吐鲁番的气候变幻莫测，昼夜温差极大。当你们躺在温暖的大棚里，吸收着各种香甜的养分竞相比美时，我们则承受着巨大的煎熬。白天被炎炎烈日炙烤，晚上在彻骨寒风里颤抖。这样的高温差，才使得我们的含糖量要高于你们。正因为我们更有

'内涵'所以才受人喜爱啊。"哈密瓜真诚地流露着自己的心声。

　　绿皮西瓜倾听完哈密瓜的话哑口无言，的确，如果只有外表而没有内涵，早晚会被人抛在脑后，只有像哈密瓜那样，拥有吸引人的特质，才会使人们忘却它的外表，而义无反顾地一直选择它。

成长感悟

　　爱美之心人皆有之，但是短暂、稍纵即逝的美丽终不能持久。唯有优质的内涵，才能获得永恒的美丽！

自信之美

李阳从师范大学毕业以后，顺理成章地进入一所中学教英语。李阳的班上有很多可爱的学生，在这一年跟他们相处的日子里，对每个同学的性格特点李阳都稍有了解。

但李阳从来都没怎么注意过她，因为她非常平常，不是那种能引人注目的女孩，也非常内向，除了上课与李阳正常互动外，他们几乎没有什么接触。这个女孩个子不高，长得只能算是普通。班主任安排座位的时候，她总是申请一个人坐在后排，虽然坐在最后，但她仍然努力地学习，上课认真听讲，记笔记。

有一次李阳叫她读课文时，听到她标准的美式发音，李阳才对她刮目相看，从此格外地注意起她来。不久，全国中学生英语演讲比赛即将开始，他们学校有一个名额，李阳想了想，去找英语组组长老师报上了她的名字。从此以后，李阳跟女孩有了多一些的接触，下课后李阳帮助她改稿子，纠正发音，他们还一起揣摩演讲的肢体语言。渐渐地，李阳发现这个女孩子身上散发着一种认真、自信的美丽，开始越来越喜欢这位同学。李阳倾尽全力帮助她，希望将自己当年没能实现的梦想在她身上完成。

可是，越临近比赛，李阳愈发开

始担心，因为女孩太安静、太内向了，她能抓住这个难得的机会，正常地发挥吗？

比赛的那天早上，他们很早就到了大礼堂。在后台李阳一直告诉她不要紧张。她看着李阳，脸红红的，什么也没说。看到她的表现，李阳的心一沉，看来，她的确紧张了。这时广播通知让选手去抽签，李阳拍拍她让她去，结果，他们抽到的是第6号，在她前面的那位选手，是全国有名的英语高手。

预料之中，5号英语高手的演讲相当成功，全场观众的激情仿佛被那个幽默睿智的男孩子点燃了，在他演讲的过程中每隔半分钟就会响起一次热烈的掌声。直到女孩上台前下面的观众还不能平静，乱哄哄地讨论着。看到这里，坐在台下的李阳，不禁为她捏了一把汗，甚至不敢跟她对视，就怕她看到自己的目光而紧张。站在空旷的舞台中间，她显得那么弱小。嘈杂的礼堂里，人们还在继续议论着刚才的演讲，几乎没有人注意她的上台。当时李阳想，完了，没希望了。

但是，让李阳震惊的一刻发生了。她并没有像他们安排好的那样向大家问好。而是用很响亮的声音对台下说："现在，请你们把焦点对准我。""请把焦点对准我。"她连说了三遍。

成长感悟

自信的女孩，不一定天姿国色，不一定闭月羞花，她们可能相貌平平，身材臃肿。但是，因为那份自信，她们瞬间便变得光彩耀人，变得淡雅高贵。这样的女孩，无论在哪个场合，都会是最耀眼的焦点，而且永远不会因为容颜的衰老而失去自己的魅力。

全场鸦雀无声了。

李阳真不敢相信自己的耳朵，那么洪亮的声音出自那个平时说话细声细气，丝毫不惹人注意的小姑娘。接下来李阳听到她美妙的声音在空中盘旋，看到她自信地挥舞着手臂侃侃而谈，那时李阳觉得镁光灯下的女孩是那么漂亮，那么自信。

她的演讲结束良久，全场才响起雷鸣般的掌声。李阳永远不会忘记那一幕，是自己的学生，教会了自己生命里最动人的一课，那就是：千万不要没有信心，有时候你的美丽和魅力正是发源于强大的自信心。

美丽的萝卜花

　　欣宜是一个普通的小镇姑娘，毕业后留在上海工作。她性格内向、外表平平。很多时候欣宜觉得很自卑，因为她从外表到其他物质条件，没有一样可以让她值得骄傲的。

　　在她每天下班回家的路上，有一家卖小炒的店面，店面虽小却极其干净。由于欣宜工作比较忙，又是一个人生活，所以她经常在下班后光顾这家店。一来二去，对店里的情况有了一些了解。

　　小店主人是个女人，她卖的炒菜只有三样：土豆炒牛肉、土豆炒鸡肉、土豆炒猪肉，全是跟土豆有关的菜。虽然看起来没什么特别，但她每卖一份小炒，都会在盘子边放上一朵雕刻的萝卜花做点缀。这些花都是她自己用萝卜雕的，她把它们雕成一朵朵月季花的模样。花朵盛开，代表着店主对生活的向往。欣宜不解，问她为何要多一道麻烦的工序来放萝卜花。店主说："放上一朵雕刻的萝卜花才好看，会带给食客好食欲。"慢慢地，欣宜了解到，店主原来有一个很幸福的家庭。丈夫是包工程的，挺有钱，可在一次意外中，他从尚未完工的高楼上摔下来，被送入医院，医院下了病危通知书，女人倾家荡产地抢救丈夫，丈夫才有幸捡回半条命，但落下了终身瘫痪的毛病。他们的生活水平一落千丈，年幼的孩子、瘫痪的丈夫，一夜之间，生活的重担全都压在了她的肩上。于是她决定开小店卖小炒。女人又想到，街上的饭店太多了，如果不弄些特点，很难有立足之地。每次，当她静静地坐在桌旁雕花，就会感到

心里充满了希望，因为一根再普通不过的萝卜，都能开出这么美丽的花朵，她相信，他们的生活也会像花一样绽放开来。

时间久了，因为小店萝卜花的特色，逐渐迎来了很多回头客，也有很多新的顾客慕名而来，有的仅仅只是为了一睹萝卜花的风采。正如女人所说：菜不但是用来吃的，也是用来看的呢。就这样，女人的小店也撑起来了，丈夫在店里管账，偶尔，俩人对视一笑，其中的甜蜜只有他们才可以体会。

此后，欣宜更是成为这家小店的忠实粉丝，因为每一次走进这家小店，她总会倍觉亲切。她觉得，一个女人的美丽，并不只是外表的精致和物质的堆砌，有了坚韧不拔的性格，萝卜花也一样开得很美，希望这些美丽的萝卜花，能够常开不败。

成长感悟

有人因为皮肤白皙、五官精致而被人称之为美女，但是还有一种美，是那么地耐人寻味。那就是面对苦难、挫折与困境时，女性那种甚至要比男性更强的受挫力。她们正如暴风骤雨中的玫瑰花，用一种坚强的魅力，感染着所有的人！

你怎么看待自己

这是一个不一样的女孩，她在举办一次特殊的见面会。她站在台上，有时昂起头，把脖子伸得很长很长，抬起她尖尖的下巴；有时会不规律地挥舞着她的双手；有时又会把眼睛眯成一条线，痴痴地将嘴张开，诡谲地观察着台下的观众；偶然她口中也会呢呢喃喃的，谁也不知道她在说些什么。

这女孩基本上就是一个不会说话的人，但是，她有着一副好耳朵，有着超乎常人的听力。在与台下观众互动时，只要对方将她的意思用语言表达正确，她就会开心地大叫一声，伸出手指着你，或者一边鼓掌一边朝你歪歪斜斜地走过来，然后毕恭毕敬地送给你一张用她的画制作的明信片。

她就是黄美廉，一位自小就罹患脑性麻痹的女孩。病魔残酷地夺去了她肢体的平衡感，也收回了她发音讲话的能力。从小，她就活在人们异样的目光中，同时又要承受着病痛的折磨，她的成长充满了痛苦。但即便这样，面对病痛及嘲讽，美廉始终都没有放弃骨子里的那种顽强的精神，面对残酷的生活，她始终昂首挺胸，用坚强和欢笑迎接一切困难。

我们不知她经历过怎样的努力奋斗，结果是女孩取得了加州大学艺术博士的学位。她用她的手当画笔，用色彩告诉人们，人的生命力是顽强的，生活一定要过得五彩斑斓。当天的见面会，黄美廉用她独特的、不能控制自如的肢体动作震慑了台下的所有观众。

到了提问的时间，台下媒体记者抛出了一个残酷的问题："请问黄博士，你从认识自己开始就是这个样子，那么你怎么看待自己呢？"台下的很多观众听到这个问题都为黄美廉捏了一把汗，不知道如此伤人的问题，美廉能否接受。没想到她却淡定地在黑板上重重地写下了几个字——我怎么看我自己？写完之后，她调皮地回过头来，冲着发问的记者嫣然一笑。继而又回头在黑板上写道：我认为自己，一，我很可爱！二，我的腿很漂亮；三，上帝偏爱我；四，爸爸妈妈也很爱我；五，我画得一手好画；六，我有一只忠实的小狗；七，我有一班欣赏我的朋友……

她在台上认真地写着，台下的观众鸦雀无声，这时她回过头来，倾斜着身体站在台中央，用不算流利的话吃力地说："我只看我拥有的，不看我没有的！我觉得这样的我很自信、很美丽！"

成长感悟

只看自己拥有的，不看自己没有的。多么平实直白的话语，却写满了黄美廉对人生的美好期待。遭受如此境遇的女孩，能努力地博士毕业，走到演讲的讲台中央，谁能说她是残疾的，谁能说她不是美丽的？

丑女名嘴

初闻洪晃，是因为她显赫的背景——祖父章士钊，母亲章含之——曾任毛泽东的英语老师，继父乔冠华是中国前外交部长，前夫陈凯歌。显赫的家世背景让我对这个女人颇有兴趣。

当看到她的真实面孔，作为女人，我认为洪晃是不漂亮的，无论身材、五官，都不敢恭维，甚至可以将她归为丑女的行列。但正是因为她的特殊经历，以及极强的个人能力，让我觉得，这个女人很可爱、很睿智，这样的女人拥有的才是永恒的美丽。这一切可能也源于洪晃对自己的严格要求。我们看看她的履历就可以发现。

1961 年出生的洪晃，12 岁时就以中国第一批小留学生的身份前往美国读书。在那个年代，能够迈出国门的人已经很了不起了，更何况她又是一个女孩子。13 年的求学生涯结束，洪晃获得了华瑟学院的学士学位。25 岁的她，回到了阔别十余年的祖国。最开始，因为有着多年的海外生活经验，

她选择在外资企业工作。1996 年，已经做到某公司首席代表职位的她，毅然辞去了年薪 18 万的工作。对文化产业有着敏锐嗅觉的她，选择了在出版娱乐界发展，她开创了自己的第一本刊物，接着又陆续成为三本期刊的出品人，现在她有了自己的传媒公司。

如今跨界已经成为了她的工作和生活方式，她会给杂志写专栏，会上电视做节目，电台做主持人，到电影里客串镜头，同时也出了几本小说。

有人说洪晃是一个女文痞，是一个才女，是一个放荡不羁的文坛奇人，还是一个女商人。她敢说别人不敢说的话，她敢写文章骂一些别人不敢惹的公众人物，她的率真让太多人所喜爱。因为这一真性情，她不仅被评为亚洲最具影响力的四大媒体人之一，还被评为了中国最有魅力的十大女人。

在这浮华的文娱圈，像洪晃这样的"异类"从古至今也只有她一个。在这个极其注重外貌的行业，洪晃凭借自己的丰富内涵、敢说敢做的率真性格，赢得了太多的赞誉，外表的不完美也完全被她的才华所掩盖，人们更会因她的个性而永远喜爱她。

成长感悟

有的人很美，但也许她的性格不那么招人爱，也许她只是个花瓶而已；有的人外表并不光鲜，但是她的周围却有那么多的人追捧，这正因她有着与众不同的个性。容颜易老、个性难改，最终在时间的比赛里，容貌终将输给性格。

倔强的美丽

　　海伦·凯勒1880年6月27日出生于亚拉巴马州北部的一个小镇，她在一岁多的时候，因为一次连续几天的高烧而留下后遗症。从此她的眼睛看不见了，还又聋又哑。随着海伦年龄的增长，长时间生活在这个黑暗寂静的世界里，海伦的脾气一度变得非常暴躁，动不动就发脾气摔东西。她家里人看到海伦的现状十分担心，决定想办法帮助她，便替她请来一位很有耐心的家庭教师莎莉文小姐。在导师莎莉文的帮助下，海伦逐渐改变了，她慢慢学着用顽强的毅力来克服生理缺陷为她带来的痛苦，她慢慢读懂了周围人对她的爱，她觉得不能辜负他们对她的期望。于是，海伦利用自己仅有的触觉、味觉和嗅觉，来认识四周的环境，用超乎常人的毅力，学习了英语、法语、德语、希腊语和拉丁语五种语言，最后还获得了到哈佛大学学习的机会。在求学过程中，海伦依旧刻苦认真，最后以优异的成绩毕业于哈佛拉德克里夫学院。

　　之后，海伦一心从事写作事业，用了几年时间，完成了她的第一本著作——《我的一生》。这本书出版时，立即轰动了全美国。而海伦并没有因此满足，停止脚步。接下来的日子，她更加发奋地写作，同时还不忘走遍很多地方为盲人学校募集善款。她把自己的一生都奉献给了教育和慈善事业，获得了世界人民的赞扬，也多次得到了美国政府颁发的嘉奖。

　　虽然海伦·凯勒身有残疾，但是她能克服不幸，凭借自己的努力

完成大学教育。又用一生的时间致力于教育残缺儿童的社会工作。这种努力上进的精神，为所有的女性做出了榜样。海伦·凯勒那倔强、坚强的美丽，是任何人都难以超越的。

成长感悟

美丽的表现形式有很多种，而海伦·凯勒的美丽，就在她残而不废，从不自暴自弃的精神。作为一名残疾人都能将自己的人生绘制得如此斑斓，那么作为健康人的我们来说，只注重外表美，而忽视了好性格的修养，那可真是顾此失彼了。

爱美的公鸡

在动物森林里住着一只公鸡，它长着火红的鸡冠，亮丽的羽毛，匀称的身体。在森林里行走时，总是昂首挺胸，显得既精神又漂亮，真是气派极了！所有的小动物都羡慕它。

但是时间久了，公鸡越来越目中无"人"，它总认为自己是最漂亮的。这一天，它迈着四方步子，来到一个花园里散步，偶然碰见一群蜜蜂在花丛中飞来飞去。公鸡得意地踱步走去，对蜜蜂们说："我们来比一比谁长得漂亮吧！"小蜜蜂们回答说："公鸡先生，现在正是百花盛开的季节，我们正忙着采蜜呢。对不起，没时间跟您比美了！"公鸡听后很不高兴地离开了花园，边走边想：哼，你们就是比不过我。

走着走着，公鸡来到了一片树林里，它看到一群蚂蚁正在路边忙碌着，连忙走过去对蚂蚁说："小不点儿们，咱们来比一比谁长得漂亮吧！"蚂蚁们正忙着运粮食，听到公鸡无聊的要求，不耐烦地说道："你没有看到我们很忙吗，公鸡先生？我们可没有时间陪你做一些无聊的事儿。"听到这，公鸡又败兴地离开了。

这时它抬头看见一只啄木鸟正在树上工作，连忙对啄木鸟喊道："啄木鸟，停一停我们比一比谁更漂亮！"啄木鸟听到公鸡的话，停下手头的工作，很有礼貌地回答说："公鸡先生，抱歉了！最近病人很多，我正忙着给它们治病呢，没时间与您比了。"后来，公鸡又遇上了青蛙、鸭子，它又提出跟它们比美，结果一样被拒绝了。

漂亮的公鸡走过了整个森林，所有的人都在忙着做事，谁也不和它比美，公鸡很失望，无精打采地往家走，这时迎面走来一匹老黄牛，公鸡不解地问这头老牛："我走了很多地方，遇到很多动物，可是它们谁也不愿跟我比美，这是为什么呢？"老牛语重心长地说："美与丑，不能只看外表，要看它是不是有个开朗的性格、善良的内心，以及为别人作出了多大的贡献。仅仅有好看的外表，又有什么用呢。"公鸡听了老牛的教诲，决定改过自新，不再四处比美了，此后它每天坚守岗位，清晨准时打鸣报时，闲暇的时候，还帮周围的朋友干一些力所能及的事情，从那以后，虽然公鸡很少有时间梳理羽毛，但大家都觉得公鸡比以前更美了。

成长感悟

这个简单的故事告诉我们：一个人仅仅外表美丽并不能代表一切，更不能成为永恒。只有心灵、性格的美好，才能给人们心中留下永远的美好印象。

善良的品性能改变外表的容颜

今年春节，高中时的班长组织老同学聚会，这次相聚使我见到了好多年没见的老同学和老朋友。时间的流逝，让我们再次相见时充满了喜悦和感慨。在喜悦之余我发现，这些以前接触比较多的朋友，除了脸上有了皱纹外，他们各自的性格仿佛也悄悄地写在了脸上，改变了他们的面貌。

原先开朗的王晓丽，如今五官比以前更加开阔了许多，大眼睛、大嘴巴，活脱脱一副开朗的面容；原先固执的化学课代表陈思佳，有了一副执拗的双眼；原先那几个小心眼的同学，面相中也多出一份刻薄。同学之中，被我们称作"花儿"的、超级温柔的赵娇娇，上学时容貌虽然并不出色，但如今见了，却变得那样亲切动人，美丽出众。聚会结束后，我的脑海里反复浮现出朋友们的面孔，那些细微的变化，真的是因为性格的改变而改变的吗？后来上网查阅了一些资料后，我得出了确切的结论：

人的相貌是可塑的，可能会因为自己的行为和思想来改变。

美国总统林肯也曾经有相同的看法。有次，他的一位朋友，向他推荐某人，林肯在约见那个人之后却没用他。朋友来问原因，林肯说："我不喜欢他的长相。"

朋友觉得奇怪问他："你好像也有点太苛刻了，怎么能以貌取人呢，谁都不能为自己天生的脸孔埋怨啊。"

林肯坚定地回答道："不，一个人过了30岁就应该为自己的脸孔负责！"

这正如我们中国人所说的"相由心生"，一个人的心灵是否纯净善良，肯定会对其外表有所影响的。

之所以善良、性格开朗的人看起来会更加美丽，正是因为美好的品行所为！

成长感悟

性格开朗、心地善良这两点似乎可以让女性更讨人喜爱。而斤斤计较、小肚鸡肠则会使得你心情抑郁，紧张焦虑。相信在这样的情绪中生活，人一定会变得苍老、憔悴，甚至面目可憎。所以不要把目光总聚焦在你的外貌上，试图培养好的品性，修饰容颜不是更好吗？

有特点的就是美丽的

北京时间 2004 年 8 月 30 日，第 28 届奥运会在希腊雅典开幕，开幕式上那鼓乐队表演的一幕至今让我难以忘怀。

我记不得那是开幕式的第一还是第二个节目，只对那个相貌平平、身材不太标准的女鼓手记忆犹新。出现在大屏幕上的，是一位年龄偏大、脸上有不少皱纹的女性，再仔细看看她的身材，真的很不符合我们中国人的审美——肚子凸出、身高一般、腿很粗。如果以我们中国人的惯性思维，在如此重要的时刻，四年一度的奥运会上，绝对不会让一个年龄很大、相貌一般的中年女性最先出场的，而且还把她放在了如此重要的位置上。

只见她与别的鼓手一起行进，一直走在镜头当中，边走边敲打着背在身体前面的鼓。除了这一位鼓手，再仔细瞧瞧队伍里的其他成员，简直是参差不齐，高的、矮的、胖的、瘦的，完全不像精挑细选的演奏者，反而像开场前临时在街上找的——不限年龄长相，只要鼓打得好就赶快拉进来。但他们整齐地敲打出了心跳的声音，那种声音给所有观众带来了极大的震撼，一直在雅典奥运会会场上回荡。那个长相并不标志的女鼓手，她一下一下敲打着胸前的鼓，神情是如此专注，仿佛自己与鼓已经融为一体。这位女鼓手的认真态度，深深地打动了我，我觉得此刻的她有一种认真的美。

无独有偶，与鼓乐队同样情形的还有此届奥运会上的合唱团，整

个合唱团里鲜有漂亮的面孔，也不是整齐划一的方阵。但他们展现在我们面前的却是一个个情绪饱满的歌者。

整场开幕式下来，除了请来的明星外，所有的参演人员都是普通老百姓一样的人们。这就是雅典奥运会的开幕式，它不会因为你是小学生或是老年人而将你拒之门外，也不会因为你的长相平平、身材一般就剥夺你参加盛大社会活动的权利。

但是在我们国内，因为几千年的"中庸思想"影响着中国人的审美观，让我们似乎特别重视相同一致、整齐划一。其实从这千篇一律的面孔，整齐划一的阵营里随便挑出一个人来，都可以说他是无可挑剔的，但整体的感觉仿佛就差强人意，这就是因为我们忽略了个体的独特之美，往往这种美才是真实的、能打动人的。

成长感悟

究竟什么是美？高鼻梁、大眼睛？不，那只是狭义的美。真正的美就是独特，是不寻常。此外就是具有做事认真的态度、开朗活泼的性格的人才真的能称之为美。

智慧之美

某天晚上，偶然间，我看到了某卫视台的一档智力问答节目。台下的幸运观众会被抽选到舞台上，由主持人出题，观众作答，答对者可获得他自己所需要的三种礼物。今天上场的是一位女孩，她的答题梦想是打印机、机票和电脑这三样礼物。

主持人好奇问她："这三样礼物对你来说有什么用处？"女孩说："我的妹妹在加拿大留学，她需要一台打印机。""那打印机得到了，你还要给妹妹寄到国外，费用也不低呢！"主持人说。"所以我又要了两张往返机票，是要让父母去加拿大看妹妹，还可以顺便将打印机带给她！"女孩说。听到这，台下的观众报以热烈的掌声，主持人也很感动，继而又问："那你为什么还要一台电脑给你父母？"女孩说，是因为可以让父母更方便快捷地跟妹妹联系。

这就是她的三个答题梦想，没有一个是自己的，全部是为了家人。开始答题前，主持人问她是否有把握？她淡定地笑着说："当然。"

答题开始，一共要答十道题，每一道题都机关重重，且一题更比一题难，要想全部答对，实在是太难了。到第七题时女孩疑惑了，不知道如何选择，这时她使用了求助热线，让现场观众帮助她。结果她幸运地通过了。答题依然在继续，悬念越来越大。到了最后一题，她的所有梦想即将实现了，但她抽中的那道题非常难，是一个关于风力发电的问题，而且要在六个答案中选取一个。看到这，我的手心里都冒出汗来了，

为了她的孝顺和对妹妹的爱，我在为她祈祷着。而她静静地看着这道题，好久没有说话，无论是台下的父母还是主持人，都紧张得大气不敢出。这时她说要寻求场外帮助，于是电话接通了远在加拿大的妹妹。对着话筒，她却久久不说话。电话那头的妹妹焦急万分："姐你快问呀，时间要不来不及了。"她沉默片刻说："妹妹，你想念咱爸咱妈吗？"妹妹说："当然。"紧接着她又说："你想让咱爸咱妈去看你吗？"妹妹说："当然希望。"在大家都疑惑不解的时候，只见女孩自信地说："你的愿望马上就能实现了！"电话挂断，女孩毅然做出了正确的选择，她的梦想实现了！

这下我才明白，所有的观众以及主持人才明白，原来女孩早已胸有成竹，只是想给妹妹打个电话，与她一同分享成功的喜悦！这一刻我激动得热泪盈眶，不为别的，只因她的智慧和超乎常人的冷静和美丽。

成长感悟

一直以来，我们看到的美丽只是外表狭义的美丽。而比外表更吸引人的，则是心中对家人的感情和智慧勇敢的美。

第二章
每个好女孩都该有颗柔软的心——
善良是公主最宝贵的特质

马戏表演

　　少年时的小刚跟所有男孩子一样调皮、捣蛋、不爱学习，唯一能让小刚坐得住的一件事，就是去看马戏表演。那一年跟漂亮的表姐一起去看马戏表演的情形，至今让小刚难忘，甚至可以说那次的经历，对小刚未来的一生都影响深远。

　　那天表姐带着小刚排队买票看马戏，排了很久，终于快要到他们了。排在他们前面买票的是一个大家庭。父母带着他们的 8 个小孩，每个孩子的穿着都非常简陋，能看出他们没有什么钱。虽然如此，孩子们的举止却很乖巧。排成队跟在父母的身后，一直不停地谈论着有关马戏表演的事情，一个个兴奋极了。

　　这时票务人员问这位父亲，准备要多少张票？他神气地说："我带全家看马戏，请给我八张小孩的两张大人的。"紧接着售票员开出了价格。这时父亲神气的表情凝固了，倾身向前问到："刚刚您说多少钱？"售票人员再次重复了一下票价，父亲没有说话，显然他带的钱还

不足以支付全家的票款。

看到这一幕的表姐，悄悄地把自己兜里的一张20元钱扔到了地上，然后假装蹲下来捡起这张钞票，拍了拍那位父亲的后背："您好先生，你的钱掉了。"男人先是一愣，紧接着他激动地咬了咬嘴唇，小刚知道他对姐姐的感激之情，姐姐在他最窘迫的时刻，通过不伤害这位父亲自尊心的方式，给予了他帮助。突然这位父亲眼泪滑过脸颊，激动地说："谢谢你，美丽的姑娘，这钱对我很重要！"

那天小刚和表姐虽然没有看成马戏，但是他们并没有徒劳，这件事情让小刚看到了表姐更加美丽的一面。物质都是身外之物，善良柔软的内心，才是人们最宝贵的财富。

成长感悟

可爱的女孩，如果你只拥有漂亮的容颜这并不完美。只有你将自己的心灵历练得柔软善良，才能幻化成为真正的公主。帮助别人也许就是在帮助你自己。

一枚钻戒

　　没有经验的毕业生很难找到工作，而珍妮佛这个高中生的第一份工作，就能成为珠宝店售货员，真的已经很不容易了，要知道现在是大学生迅速贬值的年代，所以她非常珍惜自己目前的工作。

　　作为珠宝店的销售人员，她来到公司后，前辈给她上的第一堂课就是告诉她，你可以卖不出去东西，但是绝对不可以丢东西，否则不仅要赔偿还会失去工作。

　　这天珍妮佛上班，也许因为外面下雨，所以店里面鲜有人来。眼看就要下班，珍妮佛收拾东西准备回家。就在关门前的五分钟，门外走进来一个戴帽子的年轻人。他看起来不修边幅，精神也委靡，一副病恹恹的样子，不像是一个要选购珠宝的客人。但珍妮佛还是热情地接待了他。

　　年轻人让珍妮佛拿出那枚 0.5 克拉的钻戒给他看，过了一会儿，他便把首饰盒还给珍妮佛，一言不发径直走了。当珍妮佛再打开盒子的时候她大脑瞬间一片空白：里面的钻戒没有了！

　　来不及多想，珍妮佛一下子冲出柜台，追上了那位年轻人。

　　"先生！"她冲那位年轻人喊了一声。但刚喊出声她便后悔了：我会不会误会他了？但是已经管不了那么多，珍妮佛顺手拿起了一把店里为顾客准备的雨伞走了过去："外面雨大，先生带上这把伞吧！"珍妮佛递过伞的同时，伸出了右手："再见。"这位年轻人愣了一下，然

后缓缓地伸出手跟她握了握，接过伞走了。

看着消失在雨中的年轻人，珍妮佛紧握着手心里的那枚钻戒，跑回柜台前，把那枚钻戒重新放回了盒里，松了一口气。

成长感悟

珍妮佛虽然刚步入社会不久，但对于这件事的处理甚至要比一些老职员更完美。她没有将偷走戒指的年轻人逼到绝路，只是用理解、宽容的方式来感化对方。要知道面对一个犯了错的人，善良的包容永远比惩罚更具力量，它不仅能让过错方深受触动，也可以让自己避免与犯罪分子发生正面的冲突，有效规避危险事件。

沙漠里的挚友

阿拉伯有一个古老的传说：相传两个要好的女孩子在沙漠中迷失了方向，行走中她们为了一件小事争吵得不可开交，甚至发展到大打出手，一个人打了另外一个人一巴掌。

被打的那个人觉得委屈急了，一个人走到帐篷外，默默地在沙子上写下了这样一段话——今天我的好朋友打了我一巴掌。

第二天她们继续前行，突然眼前出现了一片绿洲，她们高兴地停下来喝水、洗澡，可不知危险正在向她们靠近。那个被朋友打了的人，被好朋友救了起来。

被救起之后，惊魂未定的她拿了一把刀子在石头上刻下了："今天我的好朋友救了我一命。"对方非常好奇，便问道："为什么你把我打你写在沙子上，把我救你要刻在石头上呢？"

她笑着回答说："当我被朋友伤害时，要将伤痛写在容易遗忘的地方，风或者时间会负责带走它；相反，如果我得到了朋友的帮助，就要把它刻在心里的深处，那里任何外界因素都不能磨灭它。"

成长感悟

宽容善待他人永远要成为你与人相处的座右铭，朋友之间更应该如此。真正的朋友对你的伤害也许是无心的，但他对你的帮助却是全心全意的。宽容地对待这些不愉快，保持内心的柔软善良，忘记伤害，铭记帮助，你将会发现你的真心朋友将越来越多。

善良的种子总会发芽

我们都知道，麦当娜是美国著名女歌星，她的歌经久不衰，她的人在乐坛久负盛名。每个人都了解麦当娜的现在，可又有谁知道，她的发迹居然是因善良帮助别人而获得回报的结果呢？

麦当娜出生在密西西湖畔的乡下，这个农村的女孩从小的理想就是要当一名被全世界人们都认识的流行歌手。于是，她带着自己的梦想来到了纽约。初到纽约闯荡时的她生活非常拮据，甚至可以用潦倒来形容，她常常因为交不起房租而遭受房东的责骂。为了摆脱窘境，实现自己的音乐梦想，她忍辱负重，白天在学校学习声乐，晚上到餐厅里当服务生。

这年冬天的一个晚上，一个面容憔悴、神情凄苦的老人，为躲避外面极寒的天气走进餐厅。那里所有的人都漠视他，甚至有人要驱逐他出门，只有麦当娜动了恻隐之心。可能是生活苦难的人更能了解别人的痛楚。她知道，其实在美国有很多老人晚年都生活得很孤独。于是，麦当娜搬了一把软椅让老人休息，并自掏腰包为他要了杯饮料。为了哄老人开心，她还专门献唱了一首美国乡村歌曲。以后的日子里，麦当娜和老人慢慢成为了朋友，她不仅平时去老人的家里探望他，还热情邀请他参加她和朋友们的聚会。渐渐地，孤独老人的心情舒畅起来。

两个月后的一天，麦当娜收到老人的一封邮件，邮件里面装有一封信、一串钥匙和一张巨额支票。看到这些她惊愕万分，翻开那张信纸，

里面写着：

"亲爱的孩子，我退休前在一家公司当工程师，有着丰厚的收入。我年轻的时候收养了3个孤儿，为了他们我一直没有结婚。可当我含辛茹苦地将他们养大成人，资助他们建立了自己的事业后，他们却无情地抛弃了我这个养父。一直以来，钱对我来说毫无意义，我需要的是亲人给予的温暖。这种温暖只有你给过我。现在，我决定回到乡下度过余生，我要把这一生的积蓄和房子都留给你。善良的姑娘，希望这些钱能帮助你实现梦想。"

看完信，麦当娜泪流满面，激动的心情久久不能平静。为了告慰老人，也为了自己的梦想，她用这笔钱做了自己的第一张音乐专辑，专辑一问世便风靡全球，拿下美、英乐坛无数奖项，迄今为止，她的成就依然难以超越。

成长感悟

人生有时候很戏剧化，生活往往会在不经意间给你惊喜。也许你无心种下了一颗温暖关爱的种子。突然有一天，当它成长为参天大树并让你享受其成果时，你才会恍然大悟，原来给予别人爱是那么简单，并不需要太大的成本。

穷学生和小女孩

他出身贫寒，从一个偏远的小山村，考进了城里的重点大学，成了全村人的骄傲。可是家里没有多余的钱给他交学费，为了不荒废学业，他决定利用暑假勤工俭学，没有工作经验、没有学历，他只能做个推销员挨家挨户推销商品。

这天他敲开了一户人家的门，是一个小女孩开的门，他有些羞怯地向小女孩要了一杯水解渴。女孩看出他非常饥饿的样子，端水出来的时候还带了几块面包。看他狼吞虎咽地吃，小女孩偷偷地在旁边微笑着看。

吃完后，他擦擦嘴对小女孩说："真的很不好意思。我该付你一些钱。"小女孩说："没关系，家里吃的很多，不必客气。"他很感动，同时也觉得自己非常幸运，陌生的地方能感受到这般温暖。

大学毕业后，学习刻苦的他顺利地进入了一家医院工作。巧的是小女孩得了很严重的病，也住进了这家医院。通过医生的尽心医治和护理，尝试了很多进口药物，女孩的病情逐渐缓解，基本上康复了。出院那天，护士交给她医疗费用对账单，她担心自己支付不起这笔费用，迟疑了很久才敢看那组数字。最后，她看到了上面空白处有一行字：一杯水和几块面包的温暖，足以支付这笔住院费。

成长感悟

好人好报，相信上天是公平的。在你奉献出自己的爱心后，或早或晚，也同样会得到别人的善良帮助，帮你度过困境。

一把椅子的温暖

雾都伦敦的这个季节，是个多雨的时节。一个下雨的午后，一位衣衫褴褛的老妇人走进一家百货公司，但大多数的销售员都不理她，就因为她太不修边幅了。只有一位年轻人走过来问她是否能为她做些什么。老人说："我只是在避雨。"闻此年轻人没有向她推销任何东西，更没有驱赶老人，只是转身递给老人一把椅子，让她好好休息，等天气好一些再走。

雨停之后，商场也要关门了，年轻人再次来到老人面前："商场要关门了，您家在哪里？我们一起走吧？"老人说："不用了，谢谢你孩子。"并要了年轻人一张名片。几个月之后，年轻人供职的这家店东收到了一封信，信中点名要求派他前往苏格兰签署一份装潢一整座城堡的订单！而这封信就是这位老妇人写的，她正是美国钢铁大王卡内基的母亲。

就在这位年轻人带着订单从苏格兰回来的时候，他已经顺利地成为这家百货公司的合伙人了。

成长感悟

为什么有的人会拥有比别人更多的发展机遇，为什么有的人成功得如此顺利。原因就在于他比别人的心底更加柔软，内心更为善良，对周围的人付出了更多的关心和礼貌。只有付出才会有回报，付出越慷慨，回报越丰厚；往往越吝啬的人，越难以获得财富。

给孩子装什么

胡民的女儿明天参加学校组织的春游，下了班胡民去商场为她采购零食，从饮料到薯片，从果冻到牛奶，从熟肉到水果，买了一样又一样，生怕女儿出游时饿着。

正在胡民拎着一大包东西排队结账的时候，正好遇到女儿好朋友蓝蓝的妈妈，看看她手里的东西，比胡民买得更多，而且一样还是两份，胡民还打趣说道："可不能溺爱啊！"

蓝蓝妈妈笑笑说："这份是带给别人的。"

那天晚上胡民帮女儿收拾好书包，准备好了明天要带的食物，便哄女儿睡觉了，而自己在电脑前加班到了深夜。第二天一睁眼才发现，距离女儿学校集合的时间只有十五分钟了。

胡民一边慌乱地喊女儿起床，一边给她准备早餐。女儿匆忙地吃了几口扭头走了，胡民这才踏实地回到床上睡了个"回笼觉"。再次醒来已近中午，给自己准备午餐的时候胡民才发现，天呐，孩子居然没有带零食。胡民心里懊恼极了，联想到别的孩子吃着各式各样的小零食，自己的女儿两手空空，午饭都没着落，心里难受极了，一整天都放心不下。

胡民忐忑不安地等着女儿的归来，都能想到她发脾气的样子。但是出乎意料，孩子回来时非常高兴，给他讲着春游一天的所见所闻。后来忍不住地问："你今天没带吃的知道吗？""我知道，但是蓝蓝妈妈给蓝蓝带了两份，老师让她把多余的一份送给最需要帮助的人，她就送

给我了。"这下胡民的心一下子落了地。想到昨天在超市碰到蓝蓝妈妈的一幕，胡民羞愧难当，从小就知道培养孩子善良、分享精神的妈妈，绝对会为孩子做出好的榜样。

成长感悟

现在的家庭每家只有一个孩子，小皇帝、小公主们满载着家人的爱。许多时候，孩子们只知道接受爱，却不知道如何分享自己的爱。其实只要试着分享过一次，孩子们就会感受到，其实分享要比索取更幸福。善良的、具有分享精神的孩子，也会在今后人生的道路上走得顺利和谐。

老屋新墙纸

　　女孩小晴今年不到20岁，她一出生就患有先天性心脏病。因为家里条件贫困，她高中毕业就出来打工养家了。有一次因为过度劳累，她在工作岗位上昏了过去，被同事们送进医院，医生要求她尽快手术，这样才能保住性命，但由于家里经济困难，小晴准备休养几天就出院。

　　碰巧和她同屋的病友是一名记者。记者在与小晴同处的几天里，逐渐对她家庭情况有了了解，回去后便写了篇文章，呼吁全社会的人们为女孩捐款，资助她做手术。这天一位有钱的老板正在饭店包间里等几个外地来的生意伙伴，闲暇之时顺手翻了翻报纸，碰巧就看到了这篇文章。当时他的心里一紧，立刻打电话给朋友们："抱歉，你们今天不要来了，咱们明天再约。"随后他只身来到报社，把今天准备请客的2000元钱捐了出去。

　　记者提议领着老板亲自到女孩家里去，当面捐助给女孩。到女孩家里一看，老板才发现小晴面临的困境绝对不仅仅只是手术问题：她母亲生活不能自理，瘫痪在床很多年了，父亲智力也有问题。一家三口的生活，只能靠社会低保以及小晴微薄的工资来维持。看到这样的生活状况，这位有钱的老板眼里噙满了泪花。当即决定，每月资助他们200元钱的生活补贴。

　　从那以后，小晴每个月都到老板的公司里来领取200元钱的补助金。转眼两年过去，老板准备再去小晴家看看。当他再次走入这个家的时候，

被眼前的变化深深地震撼了：小晴一家三口都穿着刚换上的新衣服，屋子里比两年前明显亮堂了许多，仔细一看，原来是新铺好的壁纸。聊着聊着，老板才知道，那些最便宜的墙壁纸，是这一家人在得知老板要来时，特意在前一天贴上的，衣服也是为迎接老板而准备的。

结束探望，老板走出小晴家，坐进自己的小轿车里，老板终于忍不住眼泪。在商场历练了很多年，有苦有累，有得有失，他从没因为这些困难而流泪。但现在面对这个家徒四壁的房间，这个在困境中依偎在一起的一家人，他心中最柔弱的部分被深深地触动了，善良的人们，是很容易就被相互打动的……

成长感悟

善良的人容易被彼此打动，善良的人构成我们和谐的社会。当别人需要帮助的时候，不要吝啬伸出你的援手，相信在帮助别人的同时，你也会得到意外的收获呢！

善良的回报

我国古代，有这么一个大家闺秀，她的父母一定要将她许配给镇上的富商做小妾，说如果女孩能嫁入豪门，他们整个家庭的生活条件就会有很大的改变。但女孩没有听从父母的安排，擅自离开家，想前往京城谋个活计。不料世事难测，女孩在去往京城的半途中不幸被毒蛇咬伤，晕倒在路边。

等她醒过来的时候，发现自己躺在一个破旧的草屋内，一个慈眉善目看似也就比她大几岁的妇人坐在自己身边："你终于醒过来了，我给你盛粥去！"不一会儿，妇人端着一碗粥向她走过来。"吃点东西，食欲好了身体也就复原了。"妇人对她说。女孩接过粥不好意思地说道："给您添麻烦了，我是怎么到这里的？"妇人答："我的小儿子跟伙伴去田里玩，看到你被蛇咬了晕倒在路边，就叫我一起把你背了回来。然后我们又在你的伤口上敷了我们自制的草药。放心吧妹妹，你没事了。你看，我们家里穷，也没什么好吃的东西，只能煮点粥给你喝。"说到这，妇人好像还有点不好意思地红了脸。

住了几日，女孩与这位妇人好似成了一对姐妹，她向妇人讲述了自己的遭遇，妇人很同情她，想让女孩留下来跟她们一起生活。但女孩怕富商追来找麻烦，便执意要走。在道了感谢后，女孩于次日清晨匆匆赶赴京城。

没想到女孩进京后，被一个穷秀才相中，不久就被秀才娶进了门。

科考后，秀才顺利地成为了朝廷的官员，女孩也成了衣食无忧的阔太太。而安逸的生活并没有使她忘记曾经救过自己的那位穷苦的农妇姐姐。一年后，女孩"故地重游"登门拜访妇人。见到当日的恩人，她感激涕零，看到那熟悉的破草屋，女孩不是滋味，拿出银子要妇人收下。这妇人却说："当年我收留你也不是为了钱财，如今你还能记得我，我已经知足了，银子你拿走吧。"女孩坚持让农妇留下银子。没想到对方却说："如果你能鞭策自己的丈夫做一个受老百姓爱戴的好官，那就是对我最好的回报了。"女孩开口又要说些什么，农妇却抢先一步又说："如果你真的想报答我，就把钱捐助给更需要它的老百姓吧。"

成长感悟

　　善良，是人类性格中与生俱来的特质，只是因为浮躁的社会，人人向"钱"看的错误价值观，让许多人渐渐忘记了自己的本能。付出爱心重要的不是结果，不是你会得到什么样的回报，而是在这个过程中，你得到了什么——内心的享受与满足感。

做诚实善良的女孩

　　凯瑟琳出生在美国新泽西的一个小镇上，碧蓝色的眼睛、白皙的皮肤和金色的头发成就了她美丽的外貌，整个镇上的人见了她没有一个不夸她漂亮的。长大后的凯瑟琳更是出落成了大美人。但从小，凯瑟琳就没有因为自己的美貌而骄傲，平日里邻居凡是需要帮忙的时候，都可以看到她的身影，于是大家就更喜欢这位漂亮善良的姑娘了。

　　几年后，到了要工作的年龄，凯瑟琳在美国新泽西州的一家药品公司谋得了一份推销代理工作。药品推销员的绝大部分工资是要靠推销出去的药物销售额获取提成，老板觉得漂亮聪明的凯瑟琳，一定能凭借着自己的外貌，推销出很多昂贵的药品。

　　为了增加工作业绩，凯瑟琳不得不频繁地在新泽西州的各大药店来回奔波。与老板的期望所不同的是，凯瑟琳与其他药品公司的推销员不同，她并没有依靠自己的美丽外表，也没有巧舌如簧的口才，不会

违心地推销更多昂贵的药品。即使购药的人们多购买此类药品会增加销售提成，但为了客户的利益，凯瑟琳也不会这样做。

因为每类药品适用的人群不相同，一定要遵循对症下药的原则，哪怕很多客户主动选择了昂贵的进口药物，凯瑟琳也会根据他们的真实需要而推荐适合他们的普通药。正是因为凯瑟琳的诚实善良，善于从客户角度着想的工作态度，她拥有了许多忠诚的老客户。从此，凯瑟琳再也不用奔波于各大药店中间了，客户需要产品的时候，第一个就会主动联系她！

成长感悟

想靠外表取胜，你不会是永远的赢家，以善良、诚恳的心与别人坦诚交流，这样才是最好的交际方式、最佳的取胜手段！

善良的孩子为何总被上帝遗忘

在美国芝加哥有一份发行量很大的报纸——《芝加哥先驱论坛报》，其中儿童专版《你说我说》栏目的编辑主持西勒先生每天都会收到很多孩子的来信，信中总有孩子们这样那样的问题。而这其中，最让他难以回答的一个，就是一位小姑娘玛丽所困惑的问题。

这位美国小朋友很长时间以来，一直对自己面临的问题困惑不已，于是，她写信给西勒问：为什么我帮助妈妈把烤好的面包摆上餐桌，只得到了一句"乖孩子"的称赞，而她那个什么都没做、只会调皮捣蛋的弟弟却得到了一块在香甜的苹果派？她忧郁极了，认为上帝对待像她这样善良的小姑娘来说，真是太不公平了。她觉得不仅是在家，就算是学校，像她这样的好孩子总是会被老师漠视，反而那些表现不佳的孩子能得到老师的关注。

看到这封信西勒的心情非常沉重，其实像玛丽遇到的这种问题，他已经不止一次其他孩子的来信中读到了。西勒很为这个问题所困扰，因为他不知道怎么回答孩子们。

正当他不知如何是好时，他应一位朋友的邀请参加了一场婚礼，在这场婚礼中的一个小插曲令他茅塞顿开。他不但找到回答玛丽的答案，甚至因此名声大噪。

其实整个婚礼的过程很普通，但在新人互赠戒指时，他们错把戒指戴在了对方的右手上。看到这一幕，幽默睿智的牧师微微一笑说："你

们的右手已经够完美了，我想最好还是用它来装扮左手吧。"西勒听到这句话，立刻想到了问题的答案：右手完美无需戒指的点缀，而生性善良的人也无需给予更多，因为善良本身就很完美了。

婚礼结束后，西勒回到家立刻提笔给玛丽回了一封信："上帝把人性的善良给予了你，这是上帝给予你的最高奖赏。"此信回复的同时，西勒还把它刊登在报纸上，这篇回信最后被全美及欧洲上千家报纸转载，解开了那些和玛丽一样的小朋友的困惑。

如果我们总是在为自己不平，认为自己的善良和付出没有得到回报，我们就需要认识到这一点：我们的善良已经是上苍给予的最高奖赏，这就是回报。我们无需为自己不平，其实被忽略恰恰因为我们已经很完美。

成长感悟

俗话说：好人有好报。但是生活中我们常看到不公平的事情发生，往往自己善良的付出并没有得到相应的回报，这时候我们就要知道：善良的品行是上天赋予我们最好的礼物，仅这一点就是够我们享受一辈子的财富。

为别人打开一扇窗

　　格蕾丝学医药出身，毕业后顺理成章地进入了一家药厂，成为实习销售员。作为步入职场的新人，格蕾丝工作十分认真。平日格蕾丝主要面对的客户都是药店的老板，她负责向他们推销公司的药品。每次，无论格蕾丝面对的药店多大或多小，也不管药店每次购买药品的交易额是多少，她都会热情认真地向老板们介绍各种药品，而且每次在药店见到老板之前她也总会跟药店的销售员随便聊聊，顺便帮销售员向顾客介绍商品。

　　这次她拜访一家新开的药店，老板是一个非常固执的人，无论格蕾丝怎样讲，他都是一口回绝，绝不进购。问其原因，原来是因为他认为格蕾丝公司的产品活动，都是针对食品市场而设的，在药店根本不会有任何促销活动，这样对他们的小药店影响很大。听到店主没有任何商量余地的讲话，格蕾丝宣布放弃。但走的时候，她还是习惯性地与销售人员和店里的顾客打了一声招呼，并报以微笑。

　　下班回到家，格蕾丝意外地接到了药店老板的电话，原来他决定订一批货，而且数量还较多。格蕾丝不解地问道："究竟是什么原因让您改变了看法？"原来事情是这样的：药店的一位店员，曾经接受过格蕾丝的帮助，那年这位店员正无业，而他的母亲常年生病，需要药物维持，可就他目前的情况来看，手中的钱已经不够给母亲买药了。于是想到相熟的药店找店员赊一点药，但是不幸被拒绝了，正好格蕾丝看到了

这一幕，替他垫付了药钱，而且还给了他一个充满温暖的微笑。

然后店员告诉店主："这位药品推销员在很多药店都颇受欢迎，所以她在公司也一定是一位优秀的销售员，和她做生意一定会有收获的。"于是店主才决定听从店员的意见，试试与她合作。格蕾丝恍然大悟，一次无意中对别人帮助埋下的种子，如今终于报以硕果。

成长感悟

在社会中，人与人的交往贵在相互帮助、宽以待人，不经意间为别人付出的关爱，在不久的将来，一定会得到满意的结果。帮助别人，就是为别人打开一扇窗；同时自己也能呼吸到窗外的新鲜空气，所以不要吝啬自己的能力，为别人打开一扇窗吧！

善良的药方

古时候有个女孩，对医术非常感兴趣，但在封建社会，女性是不可能拜师学医的，于是她便女扮男装跟从一位老医师。这一扮就是十几年，女孩不畏艰苦，跟从老师上山采药、济世救人。有一天，老医师告诉女孩："孩子，我已经将毕生的医术都传授给你了，我这里已经没什么值得你学的了！你去山上找一位老前辈，他的医术比我更精湛，你去他那里吧！"

第二天，女孩拿着老医师的信和一张地图，一早动身朝前辈的住处走去。经过长途跋涉，女孩来到一处背山靠水的荒郊，这里只有一间小屋，那前辈就住在这里。

女孩上前敲门，推开门的是一位一跛一拐的白发苍苍的老汉，他无精打采地看了看那信，又打量了一下女孩，便引领女孩进了一间很小的屋子，叮嘱她好好休息，然后就自顾自地忙起了别的。女孩真有点怀疑，这位衣衫不整的老人，就是所谓医术精湛的前辈吗？

带着这样的疑问，一整天过去了。当女孩要倒头休息时，她听到那前辈在房里舂药，巨大的声音使她辗转反侧难以入睡，直到黎明时分，声音才停，女孩才得以入睡。第二天清晨，女孩起床后发现，前辈还在蒙头大睡，于是自己动手做了一些小菜，等前辈起床后女孩让前辈尝尝自己的手艺。在饭桌上，老人还是不多话，吃完饭，就拿了一个小瓢子要出门。女孩恭敬地问道："老前辈，我可以前去吗？"老者点了点头。只见这位老前辈一瘸一拐地走过一段崎岖不平的山路，到了一个流着山泉的地方停步了，他用那小瓢子盛了一些水就转身回去了！女孩看了，

觉得很奇怪,前辈行动不便,走了那么远,只为取那小瓢子的水。回到家后,她问前辈为何如此辛苦,前辈说:"那是制药的妙方!"女孩问:"明天我可以代劳吗?"老前辈点了点头。

当天晚上,同样地,当女孩要倒过头睡觉时,她又听到前辈在房里舂药,依然到黎明时才停止。次日早上前辈仍在蒙头大睡,于是女孩就自己去取了那一瓢子的水。

日复一日,时间过了一个月,女孩什么都没有学到,只是每天做饭、打水,这让她觉得简直是在浪费时光。

又过了一段日子,突然来了一位瞎子找老前辈治病。午饭后,前辈牵着瞎子的手往那泉水的地方去,女孩看到前辈和瞎子走得很辛苦,于是主动提出要背起那位瞎子上路。前辈点了点头,又将他们带到了那泉水处,女孩本以为今天能够学到一些医术,但意外的是,前辈只是盛了一瓢水往瞎子眼上泼了泼转身又回去了。女孩觉得太失望了,但她还是默默地背起那瞎子走在回家的路上。

这天,女孩实在太累了,老人晚上也没有舂药,于是她终于睡了一个安稳觉。

第二天上午起床,她又做好饭菜,但过了中午前辈还迟迟没有起床,等了很久,她去敲门,发现房里一片寂静,房门没有锁,女孩开门发现,前辈失踪了!只见桌子上放着一个药瓶和一张纸,纸上写着:"年轻人,辛苦了,舂药声折磨了你很多个夜晚!一瓢子水耗费了你很多苦力!一位瞎子又让你吃尽苦头。但你善良的内心及关爱人的品德,换来了救世的灵丹和炼制它的秘方,桌上的书和药瓶就是。你有一颗善良的心灵,这才是行医者最需要具备的,好了,你可以独立行医了!"

成长感悟

有的人费尽心机也难以取得自己所想要的东西,而有的人不费力就可以取得令人艳羡的成就。很多时候上天是公平的,他会将心中的天平倾向于那些善良的、具有高尚品德的人们。

给对手掌声

卡萝和黛茜是两名女子拳击队员，黛茜的年龄已经过了 30 岁，是个有经验的女选手，而卡萝则是刚过 20 的青年队员。两人都是职业女拳手，她们在一次市锦标赛上相遇了。同场竞技的二人各有千秋，也各有弱点：一人年龄虽大，但经验丰富；一人血气方刚，但鲜有谋略。在当地，这场比赛是非常有看头的。

随着裁判的哨声响起，上半场比赛开始了，两人打了 4 个回合后，看似实力相当，难分伯仲。直到下半场第 6 个回合中，卡萝得到机会接连击中老将黛茜的头部，顿时黛茜被打得鼻青脸肿，冒出了鲜红的鼻血。中场休息时，只见新人卡萝走向老将黛茜，真诚地向她握手致歉，还用自己手中干净的毛巾帮黛茜擦去脸上的血迹，又把矿泉水洒在黛茜的头上为她冲洗。年轻人一脸歉意，那神情仿佛是个犯错的孩子。

接下来比赛继续进行。也许是因为黛茜年纪大了，体力不支加上反应不够快，黛茜一次又一次地被卡萝击倒在地上。

按规则，黛茜倒地后，裁判会连喊 3 声，倒数计时，如果黛茜起不来则卡萝胜利了。就在这看似马上要决出胜负的时候，卡萝一把把黛茜拉了起来。这样的举动在拳场上很少见，裁判和台下的观众都感到很吃惊。卡萝向裁判解释说："我刚才有小动作犯规了，你没有看到，这局我不能赢。"扶起黛茜后，两对手微笑着击掌，继续交战。

但最后，还是小将卡萝获得了比赛的冠军。观众潮水般地涌向卡萝，

向她献花、索要签名和合影。而卡萝却拨开人群径直走向失败的黛茜，把手中的鲜花送给了她。两人紧紧相拥，彼此抚摸对方的伤口，宛若她们并不是对手，而是很好的姐妹。最后以两人双手紧握举过头顶的一幕结束了比赛。

有人说打拳击的女子有着男人一样的性格，冷静、沉着，在寻找到对方的破绽时，会将对方一击毙命。而女孩终究是女孩，内心总有柔软、温润的那一块。这场比赛可以说两个人都赢了，赢在人格上、赢在善良上。

成长感悟

有时候对手可能并不是你的绊脚石，不要一心地想将对方置于死地，分一点善心给对手，学会给他们掌声，这块貌似绊脚石的石头，将来一定能成为你走向成功之路的基石。

车祸下的订单

米娜研究生毕业后，与同学一起合办了一家公司。几个有理想、能吃苦的大学生凑在一起努力奋斗，没过几年，她们的公司已经成为了行业内颇具名气的民营企业。

在公司一批销售精英们的努力下，公司迎来了自成立以来的最大一笔订单，总价值700万元。这将是一笔决定公司生死存亡的订单，米娜和各位股东们在激动之余，丝毫也不敢马虎，与公司各位同仁一起日夜奋战了数月，把各方面的准备工作做得无可挑剔，只等签约这一天的到来。

要和米娜公司签订巨额订单的，是一家世界500强企业在中国的分公司，公司总经理的年龄和米娜差不多，年龄刚到30，已是大型跨国公司的总经理了。据米娜了解，此人做事干净利落、雷厉风行、说一不二，这点令米娜很是敬佩，同时对这位杨总又有些畏惧。总经理与米娜约定，在星期一飞往北京，当天下午两点整，在公司举行签约仪式。

这天米娜一早就做好了准备，将自己打扮得大方、得体，中午吃过饭就带上各种材料，然后怀着激动的心情和秘书、司机一起出发赶往签约地点。结果路上堵车耽误了很长时间，要知道，和大型跨国公司合作是很难得的机会，而跨国企业最讲求时间观念，迟到一分钟合同就有可能泡汤。米娜一看表，只有不到20分钟了，她生怕赶不上签约的时间，只好催促司机老于开快点。

　　到了一个人流很大的路口，司机突然猛地踩了刹车，在一阵猛烈地颠簸后，车才停下来，老于头上吓出了一层汗。米娜定了定神问："老于，出什么事了？"老于说："真危险，路上躺了个人，差一点就轧上了，那人好像是被刚过去的车子撞倒的。"秘书小李提醒说："不关咱们的事就走吧，米总，只有10分钟了，再晚就迟到了。"米娜虽然心里着急，可是这见死不救的事她不能坐视不管，来不及多想，米娜赶忙说："先下车看看。"三人下了车，只见路上躺着一个穿戴很讲究的老太太，老人情况看似比较危急，流了很多的血，人也已经昏迷了。"快，快，救人要紧，送老人去医院。"老于开车迅速奔向医院，等他们忙完一切，老人脱离危险后，他们才发现，已经完全耽误了签约的时间，米娜赶忙给总经理的秘书打电话，从秘书那得知，总经理因他们没有时间观念很生气，已决定取消和他们签约了。米娜顿时傻了眼，想着快要到期的银行贷款，和公司上上下下几十号人，米娜的心情十分沉重。在医院的走廊里不断地踱着步子。突然，米娜抬眼往病房里看，刚刚苏醒的老人身边有位男士，定睛一瞧，那不是总经理吗？总经理也循着目光看见了米娜。总经理见了米娜，走过来激动地说："米总，事情我都知道了，是你们耽搁宝贵的签约时间救了我母亲。太感谢了，跟你们的合同我签定了！"

　　米娜几个喜极而泣，相拥在一起，顿时峰回路转，原来这就是善良的回报。

成长感悟

　　我们在用爱心真诚帮助别人的同时，这个社会也会将爱回馈给你。相信善良的人总会得到上帝的眷顾。而善良也是女孩们最应拥有的美好品质，也是女孩们最宝贵的财富。

帮助别人，常常就是帮助自己

第二次世界大战中的一天，欧洲盟军一名军官的太太正面临着敌方军队的追捕，她所坐的专车一路疾驰，奔向盟军基地以寻求帮助。那天天气状况很糟，大雪纷飞，狂风呼啸。车外天气极冷，车子一路向北走。忽然，透过车窗，军官太太看到一对法国老夫妇坐在路边，冻得瑟瑟发抖。

她立即命令司机下车看看。司机说："太太不要管闲事了，后面有敌军在追捕我们，如果再耽误时间，他们没准就会赶上来的！这种事自会有警方来处理。"

这位太太却坚持说："等警方赶到，这对老夫妇可能早冻死了！赶快下车看看，我们不能坐视不管！"

后来经过询问才得知，这对老夫妇是去巴黎投奔儿子的，没想到天降大雪车抛锚了，停在这前不着村后不着店的地方。

军官的太太立即请老夫妇上车，调转车头绕道将夫妇送到巴黎，夜幕快降临时才安全赶到盟军基地。

当时这位太太并没有想过行善图报，但上天偏偏对善良的人宠爱有加。原来那天，敌军早已埋伏在她们之前前进的那条路上，而且还在路上设置了地雷。如果不是因为帮助那对老夫妇而使他们改变了行车路线，恐怕他们早已被地雷炸得粉身碎骨了！

成长感悟

帮助别人，常常就是帮助自己。善有善报，这绝不是简单的因果报应，而是做人最基本的准则。

小草的善良

　　从前，有一棵无名的小草，它平凡无常，在草丛中谁也不知道究竟哪一棵是它。即使这样，小草也有个不平凡的梦想，就是它想到河里去玩玩。其他的草都觉得它疯了，只有它自己清楚，这是真的。

　　有一天，一只小鸭子从这里经过，小草把自己的愿望告诉了小鸭子，希望去河边的鸭子能助它一臂之力。没想到小鸭子听了哈哈大笑，笑的

前仰后合、花枝乱颤。它嘲笑起小草说："你不看看自己是谁，别做白日梦了，你连走路都不会，更别说下水了，好好呆在这里，我是不会带你去的。"小草心里沮丧极了。

　　大嘴的小鸭子在森林里向大家说着小草痴心妄想，这时突然来了一个衣衫褴褛、瘦骨嶙峋、来历不明的老人，他跟小鸭子说："我走了很远的路，实在没有力气了，口渴得很，给口水喝吧。"小鸭子说："你这个老头，脏死了，快离我远点！"老头又继续往前走，碰到了田鼠，他向田鼠讨水喝，田鼠"灵机一动"说："我有急事，帮不了您，再见。"话音未落，田鼠已经没有了踪影。老人无奈地摇了摇头，继续向前走。这时他碰到了小草，老人用乞求的口气跟小花说："给……我……一点水吧，我已经连续三天没喝水了。"小草打量着枯瘦的老人。只见他左手拿着碗，右手拄着拐杖可怜极了。小草十分同情眼前的这位老人，它亲和地跟老人说："老爷爷，我没有水，身上只有一些露珠而已，你就喝我身上的水吧。"

　　老人一口喝完小草身上的露水，只见他摇身一变，变成一个老神仙，小草惊讶极了。老神仙对小草说："谢谢你的帮助，为了表示感谢，我可以帮你实现你的愿望。""真的么？"小草将信将疑地说。"说吧。"老神仙说。于是，小草把它想到河里去的愿望告诉了老神仙，只见老人把手轻轻一甩，变出了一只天鹅，接着把小草放在天鹅背上，小草终于实现了去河里游玩的梦想！

成长感悟

　　社会虽然浮躁，自私自利的人也有很多，但是终究善良的人会得到回报。

善良的免疫力

　　马丁是一个惯偷，多年来他在欧美各国流窜作案。因为他的偷窃手段异常高明，而且擅长易容术，心理素质又超出常人，所以他从来没有失过手，而各国警方也对他束手无策。

　　这一次马丁来到法国，他的偷窃目标是法国女珠宝商朱莉安。马丁经过周密的先期准备之后，在一个深夜进入了朱莉安的豪宅。马丁在豪宅的一间屋子里发现了一个保险柜。他像往常一样开始动手。可是，事情似乎异常地不顺利。多年的偷窃生涯，使马丁颇具"经验"，他打开过各种保险柜从未失败过，但这一次几经周折他却无能为力。马丁不想就这么放弃，于是今晚他准备先回去，再好好做做准备，明晚接着行动。

　　第二天夜里，马丁再次潜入朱莉安家，试图打开那个保险柜，但仍然是无功而返。当然，他依然没有打退堂鼓。多年来，他一直为自己的"战绩"而骄傲，也正因为从未遇到过对手而苦恼。如今，这个极具挑战性的保险柜摆在他面前，他是绝对不会放弃的。

　　第三天深夜，马丁又一次来到了这个保险柜前，终于他"成功"了，可是，里面的钱财并不像想象中的那样多。里面除了一大笔还算可观的现金和一沓支票外，还有一张名单。马丁拿了所有的东西离开那座豪宅，回到酒店后，马丁对着那张名单，沉思了很久。

　　后来，他得出了一个结论：这张名单被锁在保险柜，说明它极具价值。名单上有30多个人名，以及他们的详细地址。马丁想，这30多人，应该

都是和朱莉安有密切往来的人，他们有可能是她的合作伙伴，或者是政府高官、社会名流，等等。想到这，马丁有点兴奋，甚至有点儿感谢朱莉安。她为他的下一步行动指明了方向。

循着名单上的地址，马丁前往一个人的住处。可是，他惊异地发现，自己到了贫民窟中的一所房子。进屋之后，他发现里面一贫如洗，没有他所需要的，马丁甚至想为这家人留下点钱了。离开这家，马丁又前往名单上的第二个家庭，结果这跟上个家庭没什么两样，都是家徒四壁。就在他准备离开的时候，无意中在一张桌子上看到了一个本子，本子上是这家孩子的一篇名为《我最感激的人》的作文：

"我家很穷……妈妈患有艾滋病，我们兄妹温饱都有问题，更不可能再上学……直到有个叫朱莉安的阿姨每月按时给我家寄一笔钱……现在我们过得很好，大家的成绩也都非常好……"

马丁的心突然被这文字刺痛。他终于明白了名单上记载的究竟是什么。这晚，马丁再次光顾了朱莉安的家，他将从朱利安的保险柜里拿走的东西，连同他自己的一部分钱都放了回去。这之后，警方通过马丁留在钱上的指纹抓到了他。在被警察提审时，马丁说："之所以能被你们抓获，我只能说，我对善良的行为没有免疫力！"

成长感悟

可以看出，善良的特质是人与生俱来的，无论你是个平常的社会人，还是十恶不赦的坏蛋。其实每个人的内心都是柔软的、充满爱与关怀的，只是因为利益的诱惑、不断地被伤害，而导致我们的心渐渐坚若磐石。忘记伤害与利益，回归纯真的最初，让心慢慢柔软下来吧，那时你会觉得世界是彩色的！

善良是一粒种子

一件发生在越战期间美国的小事。20多年后故事的主人公不期而遇，他们才来得及感谢彼此的善良。

故事的主人公贝瑞今年已经快50岁了，她的双腿有残疾，这天像往常一样，贝瑞一瘸一拐地从医院停车场走向理疗大楼。沐浴在阳光下，贝瑞觉得自己跟这样美好的生活格格不入，她感觉自己的人生真是失败。刹那间，她甚至不记得自己曾经做过什么有意义的事。

到了候诊室，那里只有两把椅子，一个头发花白的男子坐了其中的一张，贝瑞就在他旁边坐了下来，顺手翻起一本旧杂志打发时间。过了一会儿，贝瑞似乎感觉到有人在注视她，抬起头发现，男子果然正目不转睛地打量着她。

"我在哪里见过你。"男子说道。贝瑞说："不，怎么可能？"

"是的，我肯定见过。"

男人的执著激起了贝瑞的好奇心。虽然男人说不清到底在何处见过贝瑞，但她还是有一搭无一搭地和他闲聊起来。男人颇为自豪地说，他参加过越南战争，曾在美国陆军服役，在战争中负过伤。

"我也在越战期间参军，是海军女子志愿服务队，一直在国内服役。我们的部队曾驻扎在旧金山国际机场。但后来我因为怀孕退役了。"贝瑞说。

男人突然好像想起了什么，激动地说道："1967年秋天，我刚从

越南战场上负伤回国。在旧金山机场，一位海军志愿服务队的姑娘曾经帮助过我，她像你一样长着一头红发！她是个好姑娘，虽然我们素昧平生，她却全心全意地帮助我。当时我受伤很重，拄着拐杖艰难地行走，她给我找了一个轮椅，又替我追上一辆公共汽车，然后又把我抱上了车，还仔细地告诉司机把我送到哪家军医院，后来又打电话过来询问我的情况。"

男子继续说："4个月后我伤情恢复，在旧金山机场再次遇到了那位姑娘。当时我看到她正被一个喝醉了的水兵纠缠……她曾经帮助过我，我也不能让她受到欺负，于是打走了那位水兵。"

这时贝瑞不由打了个冷战。时光好像一下子回到了25年前，这位陌生男子就是当年救过我的那个伤兵吗？贝瑞心想。泪水已经不由自主地流过了脸颊："接着你又把他找回来，逼着他给我道歉。"贝瑞说。

听到这，男人也激动得热泪盈眶，生活中竟有这样的巧合，让两个相互帮助过对方的人，几十年后又坐在了一起，这时他们才来得及感谢当年彼此的善良。

从理疗大楼出来贝瑞像是变了个人，不再那么失落、沮丧、对生活无望，因为她重新认识了自己。尽管她在军队中服役时间不长，但是也曾服务过她的国家，帮助过她的同胞。

成长感悟

当你做出善举的同时，就好像播下了一颗种子，说不定什么时候就会结出果实，让你收获满满的温暖与关怀。

善良的小女孩

从前有一个小姑娘与妈妈相依为命，虽然她的家里非常穷，但是她很善良懂事。这年冬天是个多雪的季节，又一场大雪过后，小姑娘穿着一双破旧的鞋子在雪地里走，她在认真地捡一些树枝，因为妈妈病了，她需要点燃树枝给妈妈取暖。

忽然她听见远处有哭声，女孩循声望去，看见了一个比她还小的女孩，光着脚在雪地里走，好心的女孩当即脱下了自己的破鞋子，给了那个小女孩，那个小女孩穿着她的破鞋子走了。

小姑娘光着一双脚，继续在雪地里寻找树枝，冰天雪地将女孩的脚冻得通红。上帝看到了这善良的姑娘，就在小姑娘的必经之路放了一双新鞋子。看到这双新鞋，小姑娘并没有把它据为己有，而是在鞋子旁边，等待它的主人出现。天渐渐黑了，小姑娘依然一动不动地守在鞋子边。上帝被女孩打动，只好化身一名老者出现在女孩身边，对她说："小姑娘，因为你的善良，爷爷把这双鞋子送给了你。"小姑娘听完高兴极了，把鞋穿到脚上，这时脚立刻温暖起来。她想赶快到家，给妈妈生火取暖。刚想到这，转眼就到家了。小姑娘这才知道，爷爷给她的鞋是有魔力的。回到家她把在树林里发生的事情讲给了妈妈听。妈妈说："好孩子，你的善良一定会有好报的。"

晚上小姑娘沉沉地睡着了。在梦里爷爷告诉她："鞋子可以帮你实现三个愿望，你要好好把握。"

　　天亮了，小姑娘来问妈妈有什么愿望？妈妈说，想要一个漂亮的房子。于是小姑娘帮妈妈实现了第一个愿望。有了新房子妈妈的病也好了，小姑娘高兴极了。

　　春天来了，姑娘和妈妈去找野菜，听见不远处传来了阵阵哭声，她看见一对贫穷的夫妇守在一个男孩旁边，原来是男孩的父母不能接受小男孩的死去而伤心，于是小姑娘用了她的第二个实现愿望的机会，将男孩复活了。

　　夏天来了，一场大雨过后，女孩听见池塘里两只青蛙在悲鸣，她想知道那两只青蛙在说什么。于是求助小鞋子，帮她实现第三个愿望。这时上帝出现了，对小姑娘说："你想好了吗？这是你的最后一个愿望，你自己的愿望还没有实现。"

　　小姑娘说："老爷爷，我自己什么也不需要，只要别人都快乐，我就幸福了。"

　　"好吧，爷爷帮助你实现第三个愿望。"上帝说。

　　这时小姑娘听见了青蛙说："不好了，不好了，世界要毁灭了，黑暗魔王要毁灭地球。"

　　小姑娘听着两只青蛙的话，担心极了：世界要毁灭了，妈妈要没了，世界上所有所有的美好的东西都没有了！回到家她做出了一个决定：善良的姑娘，她要拯救世界！

　　夜里她用一把小刀挖出了自己的心，向池塘深处仍去，黑暗魔王吃了善良的心后，沉沉地睡去。第二天，世界还是原来的世界，小姑娘静静地躺在荷叶上像一个小美人睡去了。上帝来了，他抱起了小姑娘飞走了，从此善良的女孩化身为善良的天使，守护着这世界。

成长感悟

　　善良的女孩会因为别人的快乐而快乐，也会因为别人的悲伤而难过。每个有善心的女孩都是公主、是天使，她们会永远地活在上帝的庇护下，不会受到伤害。

善心可以传递

米菲作为法学高材生毕业于美国一家名牌大学，毕业后的她成立了自己的律师事务所。但在事务所刚开张的日子里，米菲吃了不少苦头，她甚至连一台打印机都买不起。

随着全世界移民美国的浪潮兴起，米菲不断地接到帮助他人移民美国的案子。那时候的米菲经常周旋在黑白两道之间；也经常会在夜晚被叫到移民局拘留所保人。经过几年的打拼，米菲终于多年媳妇熬成了婆，公司规模扩大了，她也有了自己的秘书，开起了豪车，住着豪华公寓。

但世事难料，移民法被修改后，移民美国的人数大大减少，米菲的事务所一下子少了很多生意。同时，她投资的股票也全部亏损，米菲就在一夜之间破产了，那时她仿佛回到了 N 年前大学毕业时，一无所有。

这时，米菲收到了一封来信，信是一家公司的总裁写的，要聘请米菲来做他们公司的专职法律顾问，并且有两间分公司由米菲接管，同时享有 30% 的股权。米菲简直不敢相信自己的眼睛，为何有如此天上掉馅饼的事情发生？

循着信封上的地址，米菲来到了这间公司，找到公司总裁。这位40 多岁的中年人对米菲的来访并不感到吃惊，微笑着问她："还记得我吗？"米菲怎么也想不起来跟此人会有什么接触。中年人慢慢地从抽屉里掏出了一张米菲的名片和一张皱巴巴的五元钱。"记得吗，10 年前在移民局门口，我在办理工卡的时候，因为不知道工卡费用涨价，所以险些办不了，要知道当时这个东西对我来说多重要，我刚找了工作，如果那天拿不到工卡，雇主就会找其他人了，而在我最窘迫的时候，是

你从背后递给我五元钱，我要你留下地址，你只给我这张名片。"米菲一下子想起了这位中年人，好奇地问："后来呢？"中年人说："后来我顺利地找到了工作，在积攒了足够多的钱以后，我自己创办了这家公司直到今天。我要感谢你，在我只身前往美国，面对无数冷遇与刁难之后，有这位漂亮女士的帮助，才使我有了今天的生活。"

成长感悟

好心能彼此传染，善心也可以相互传递。当你善良地为别人伸出援助之手的时候，也是伸手拉了自己一把，因为不知道什么时候，你也会需要别人的帮助。

大难不死的皇妃

国王有一位心爱的皇妃，在皇宫里有那么多漂亮的女人，但国王偏偏喜爱这一位，只是因为这位皇妃善良温柔。由于国王的宠爱，这位皇妃也遭到了其他皇妃的嫉妒和仇恨，她们时刻窥视着善良的皇妃，想抓住她的把柄置她于死地。

那年春天，国王带着心爱的皇妃出宫打猎。当他们穿过森林时，迎面走来了一头一瘸一拐的狮子，国王正想用剑杀死狮子，皇妃出手拦住了国王："陛下，它已经受伤了，我们不如放它一条生路。"国王点头默许。皇妃跳下马来，查看了狮子的脚伤，并把它包扎好，带回了皇宫，由皇家军队饲养这只狮子，用来保护国王，惩戒皇宫的罪犯。

时过境迁，几年后，这位善良的皇妃被其他皇妃一同陷害，她们设计离间国王与这位皇妃，国王中计，将皇妃抓了起来，并判处死刑，由狮子将她吞噬。接

着，皇妃被押进狮舍，她恐惧地等待着死亡的来临。不料，狮子将皇妃闻了又闻，居然跟她亲昵地撒起娇来，原来狮子还记得皇妃对它的救命之恩。几天过去了，狮子和妃子都没吃过一口东西。

这消息传到了国王的耳朵里，起身来到狮舍，看到了与狮子依偎在一起的皇妃，想到了当年皇妃解救狮子时的一幕，顿时，所有谗言在国王的脑海里全部被推翻。他相信皇妃的善良是永远不会改变的，一定是被人陷害所致，于是命人将皇妃解救出来。从此以后，这个连狮子都不敢开口咬的皇妃，在皇宫里再也没有受到其他人的欺负。

成长感悟

善良是人类与生俱来的特性，也是做人最宝贵的财富。当你施善于他人，就好像在存钱，你也为自己积攒了一笔财富，如有一日你需要，善良的银行也会为你提供你所需要的帮助的。

善者生存

乐怡是一位地道的北方姑娘，她出生在东北的一个小山村里。勤奋好学的她不负众望，以优异的高考成绩进入南京的一所重点大学就读。她觉得南京就是她梦想的天堂。来自小山村的乐怡格外渴望留在这个现代化的大都市里。所以进入大学的她不但没有放松对自己的要求，反而更加努力地学习，并且在大学毕业前，获得了保送研究生的资格。

时间飞逝，转眼间乐怡研究生毕业。从小成绩优异的她顺利地获得了在某大型广告公司实习的机会。当入职那天，人事经理介绍她和赵玫认识的时候，乐怡就知道，她们两人之间会有一场"殊死"较量。在接触了一段时间后，乐怡发现赵玫的确是个优秀的女孩，乐怡有些发愁，不知道怎么能在试用期之内将对方击败。

工作开始了，领导要求她们两人为某房地产商的新楼盘出一个营销策划方案，以扩大楼盘的知名度。这是乐怡和赵玫的第一次交手。对营销策划没有经验的赵玫来说，这项任务好像有点棘手。她只好每天蹬着自行车，穿过半座南京城去楼盘考察。七月的南京阴雨连绵，赵玫整天往返于工地和办公室，几天下来人好像累瘦了一圈。而对学习市场营销出身的乐怡来说，这简直是小菜一碟。她每天坐在办公室里，吹着空调，在网上边查资料边设计，没过多久就整理出了一套营销方案。到了

提交文案的那天，乐怡神采飞扬，很早就到了办公室等待部门经理的到来。而赵玫却是冒雨赶过来的，白色的长裙上还沾着一片泥点。从经理的眼神中，乐怡看出，第一次的交锋自己绝对占有优势。可没想到经理看完文案，只是淡淡地说了一句："各有千秋，你们自己交换着看看。"本以为会得到褒奖的乐怡失望极了，但她仍接过赵玫的文案仔细看起来。尽管赵玫的文案字数和图片并不多，但她的创意及可操作性要比乐怡强得多，看到对方成熟的方案，乐怡暗自生气，非常不甘心地在赵玫要出门的时候，特意高声对赵玫说："你裙子上都是泥，可别破坏公司形象啊。"赵玫听到先是一愣，之后对乐怡说了句谢谢就回到了座位。

之后又经过几番较量，乐怡不禁感慨道："既生瑜，何生亮！"但事已至此，乐怡也不可能放弃留在南京的机会。在工作中乐怡开始故意"提醒"赵玫，"怎么穿成这样就来公司啊，你不是个学生啦！""办公用品要节省啊！减少资源浪费！"说这些话时，有时经理也会在场。而赵玫仿佛听不出乐怡的话外音，只是一味地道谢并报以微笑。而后的另一个企划方案，则让取胜心切的乐怡一下子失去了翻盘的机会。那是一个公司的重点项目。经理让两人各出一套方案，这次的乐怡非常用心，还特意"贿赂"了工程单位的一名小领导，从而获取了有关楼盘的各种数据。赵玫则依旧每天骑车去现场考察。到了向全公司人汇报方案的那天，乐怡以为由大量数字组成的完美无瑕的可行性方案会得到大家的认可。可没想到，她却败给了赵玫淳朴平实的室内户型照片上。公司董事长认为赵玫的方案更能给顾客带来视觉上的冲击，更能激发顾客的购买欲望。于是赵玫的方案一举中标。

最终乐怡没有通过试用期，临走时部门经理对她说："其实你们

两个我一直很难取舍，你们都有吸引我的地方。但是时间长了我发现，赵玫将她纯真善良的态度完全用在了工作上，而你仿佛缺失了这些，把心思用在了工作以外。希望在以后的生活道路上；你能多吸取教训，完善自己！"

成长感悟

　　女孩拥有一颗纯真、善良的心才是她最吸引别人的地方。如果连这最基本的品性都缺失的话，那么她将是可悲的。即便她能获得一时的荣誉，但却会失去一世的美誉。

善良的救赎

女孩高中毕业后，为了供弟弟读书，便放弃了上大学的机会，选择了在镇上的百货店打工。虽然那是一家小小的百货商店，但前来光顾的客人却不少。因为女孩的服务态度很好，无论是谁来了，她都能微笑接待，帮助推荐商品。遇到年龄大的人来买东西，店里不忙的时候，女孩就会帮忙将老人买的东西送到家里。周围的邻居们都因为女孩的善良而喜欢她，愿意来她这里消费。

在镇上的那头有一位年轻人，他在一个月之内经受到了多重打击：父母意外双亡、女朋友离他而去。年轻人彻底对人生丧失了信心，满眼都是仇恨。

于是他决定去买一把刀，杀了所有与他有"仇"的人然后自尽。

他来到女孩的商店，挑了一把水果刀，刚要走的时候，女孩笑着叫住了他说道："等等，把刀给我。"他疑惑地看着女孩，心想：难道她发现了我的目的？虽说这么想，但他还是不由自主地把刀交还给女孩。出乎意料地，女孩把那把刀用报纸一层一层地裹好，

然后递到年轻人的手里说："这样子就不会伤到你，也不会伤到别人了。"

年轻人听了不耐烦地说："你只管卖东西就行了，管那么多闲事干什么？"

女孩依然笑着说："我是管不了那么多，这把刀卖出去，你用它切水果或是用它杀人我都管不着。可我怕血，我希望每个人都好好地活。"

听了女孩的话，年轻人被深深地感动了，他走出商店去买了一些

水果和蔬菜回到家里，用那把刀仔细地切着，眼里噙着感动的泪水，脑子里浮现的是女孩的笑。

成长感悟

　　不要吝啬自己的善心，也许这对于那些失落者来说，就是一棵救命的稻草，我们随手抛出稻草并不难，可对那些失意的人来说，可能就有着生死攸关的作用。

战地天使

　　残酷的战役刚刚开始，那个身材瘦小的女人——克拉拉·巴东就对前线的战士充满担忧。她知道，受伤的战士们会滞留在战场上直到战事结束。她知道，这些伤病员要坚持很久才能被集中起来，送到远离前线的后方医院。她也知道，即使伤员们能侥幸熬过了耽搁治疗这一关，路途上的颠簸也会使他们没有包扎的伤口感染。她还知道，更多的伤员们常常会在到达医院前就因失血过多而死。

　　一想到这些问题，善良的克拉拉·巴东就坐立不安，她发誓要到战场上去给予伤员们最大的帮助。为了实现自己的愿望，她倾尽所有，购买了一辆篷车，并配备了一些药品和急救设施，准备好一切后，她去见了军队的将军。

　　站在身材魁梧的将军面前，克拉拉·巴东显得更加弱小了，对于在战场上纵横捭阖的指挥官来说，她并不像是上战场的材料。但她瘦小身躯中强大的雄心和善良的情感着实让将军大吃了一惊。

　　但将军仍然拒绝了她的要求："巴东小姐，你提的要求绝对不能得到满足，要知道，战场不是女人呆的地方。"

　　巴东极力为自己辩解："不，将军，为什么不能呢？我自己会赶着马车上战场，为战士们做一些力所能及的事，不会拖大家的后腿。"

　　将军仍固执地摇头："你忍受不了那种艰苦的生活。部队正在竭尽全力地为战士们做好后勤保障工作，你去了也是无济于事的。"

　　"我能。"克拉拉·巴东大声说。然后，她从头到尾地向将军讲述了她的急救计划。她不厌其烦地向将军介绍自己，介绍自己的准备工作是多么的充分，介绍自己的能力，等等。最后，将军妥协了，她得到了一张通过封锁线的通行证。

　　在整个内战期间，克拉拉·巴东为她遇见的每个人提供帮助，整日不停地劳作着。甚至有一次，她连续为一排伤员工作了五天五夜。她的名字渐渐成了军队里的一个代号，一个善良和爱心的代号。

　　战争终于结束，别人都以为克拉拉·巴东会好好地休息一下，但没想到她回到美国，便说服美国政府与其他 22 个国家一起成立了红十字会组织。

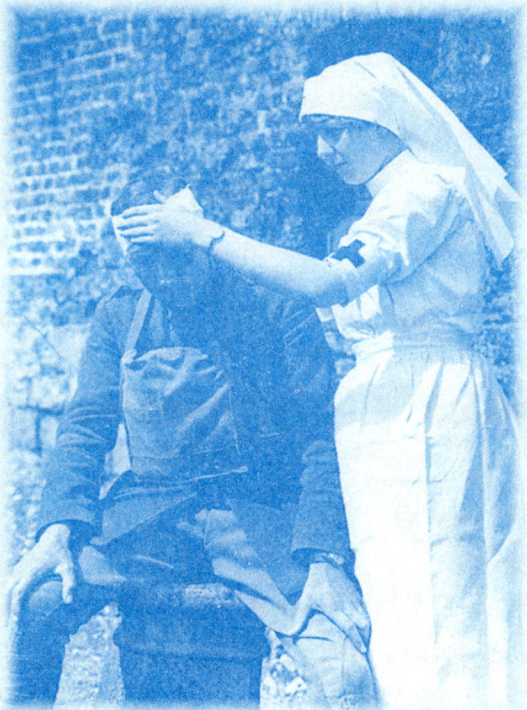

克拉拉·巴东说："我的工作还远没有结束，因为人类还面临着许多其他灾难，如地震、大火、海啸、龙卷风，等等，不管灾难发生于何处，这都需要我们伸出援助之手。"

如果没有当初克拉拉·巴东这位善良女人的一再坚持，也不会有今天的国际红十字会。时至今日，国际红十字会已经为全世界数以亿万计的人提供帮助，巴东则以其伟大的勇气、仁慈的内心永远被世人所记住。

成长感悟

善良、爱心是一盏明灯，不仅照亮了别人，也温暖了自己。带着你的善心上路，你的一生也就生活在爱里。

第八十八个客人

　　餐馆中午的就餐高峰过去了，眼看客人渐渐散去，女老板文欣正要喘口气歇歇，门外又走进来两个人———位老奶奶和一个小女孩。

　　"一碗西红柿鸡蛋面多少钱？"奶奶坐下来数了一堆零钱给文欣，点了一碗面，热腾腾的面条端上来，奶奶把它推到了女孩面前对她说："吃吧孩子。"小女孩盯着饭碗咽了咽口水："奶奶，您真的吃过饭了吗？""吃过啦。"奶奶嘴里嚼着一块腌黄瓜笑眯眯地望着女孩。转眼的功夫，孩子就把一大碗面吃了个精光。文欣看到这一幕，走到老人面前笑着说："大妈，您的运气真好，您是我们店今天的第 88 位客人，可以免费再获得一碗西红柿面。您等着，我让后厨去做。"

　　这之后过了一个多月，文欣站在餐馆的窗前无意间发现小女孩又来了，只见她蹲在小吃店对面像在数着什么东西，仔细一看才发现，原来小女孩在数客人。每看到一个客人走进店里，她就捡一颗小石子放进事先画的圈圈里，但是午餐时间都快过去了，小石子却只有 30 多个。

　　看到这文欣心急如焚的打电话给所有的老顾客挨个问他们是否在忙，如果不忙的话，她要请他们吃炒饭。电话一个个拨出去，客人也陆续过来了。小女孩圈内的石子也越来越多，当她把第 87 个石子放进圈中的那一刻，女孩赶忙拉着奶奶的手进入了餐馆，骄傲地对奶奶说："今天我请客！"今天的小女孩就好像那天的奶奶，嘴里嚼着腌黄瓜，看着奶奶吃完了那一碗西红柿鸡蛋面。服务员看了于心不忍，劝老板文欣再

送一碗给小女孩，文欣却说，小姑娘不吃也会饱，服务员疑惑地看着文欣，文欣说："善良的女孩在帮助别人的时候是快乐的，仅此足矣。"

成长感悟

　　善良让女孩成长，也让社会更加温暖。举手投足中的小举动，不仅能让被帮助者感到温暖，亦能让施善者体味满足。

从服务员到女经理

安娜是个华盛顿女孩，她生长在一个普通工人的家庭，虽然家境不如他人好，但是安娜一家一直都很乐观。中学毕业后，安娜就在华盛顿的一个小旅店任前台服务员，她工作勤恳努力，为人乐观善良，无论是店里的同事还是住店顾客都对安娜赞赏有加。

这天是一个大雨磅礴的夜晚，安娜值夜班。一对上了年纪的夫妇来到了旅店，夫妇俩穿着朴素，行李也很少，被大雨淋湿后显得有些狼狈。他们对安娜说："姑娘，我们找了整条街，附近所有的旅店都客满了，你看这样的天气，能不能让我们借宿一晚？"安娜说："是这样的老先生，最近这里有一个大型博览会在召开，所以附近的旅店都会客满，我们店也一样。但是看您两位年龄那么大，没处落脚也不可以，这样吧，如果你们不介意就住到我的床上吧！"

听到安娜的话，老两口先是一愣，然后夫妇异口同声地说："那你住在哪？"

安娜笑着答："没关系，我年轻，在前台的椅子上睡一会就可以了。"老人满怀感激地住进了安娜的房间。

次日清早，夫妇要离开旅店前，执意要把房钱付给安娜，安娜说："我不能要你们的钱，我的床不是用来盈利的，只是尽我力所能及之力，不用那么客气。"老先生笑着说："你是个善良的姑娘，以后我给你开一家大旅馆由你管理啊哈哈哈！"安娜也笑着说："那我真是太幸运了。"

她只把这当成一句玩笑话。

可谁知道，几年前的玩笑如今成为了现实。一天，安娜接到了夫妇两人的来信，邀请她去纽约看看。到了纽约，老人把安娜带到了一处繁华地带，指着一栋四星级酒店说："姑娘，这是我们为你盖的旅店，你愿意过来经营它吗？"

成长感悟

女孩因为善良而美丽，也会因为善良而成功。赠人玫瑰手有余香，在给予别人帮助的同时，也会为自己未来的发展奠定坚实的基础。

乖女孩的心

　　梁蓝从外地考上了北京的重点大学，经过刻苦努力，终于研究生毕业了。毕业后的她选择了留在北京工作。离开学校她租了一处楼房，开始了自己的北漂生活。

　　梁蓝习惯了独来独往，与邻居的话很少。偶然间，她得知隔壁住的那家很穷，是一个寡妇带着两个小孩子。梁蓝虽然对他们抱有同情，但也不想与这家人有所接触。

　　生活按部就班地过着。这天晚上，梁蓝家那一带忽然停了电，她只好自己找出了一根蜡烛点了起来。没一会儿，忽然听到有人敲门。梁蓝问是谁，一位小姑娘的声音从门外传来："阿姨，是我，我是您的邻居。"原来是隔壁家的小女孩，梁蓝隔门问道："你有什么事情吗？"

　　只听女孩紧张地问："阿姨，停电了，请问你家有蜡烛吗？"梁蓝心想："这户人家真是的，难道竟然穷到连根蜡烛都没有吗？不能借给他们，免得以后什么事情都来找我。"

　　想到这，她开了个门缝对孩子说："没有。"话音未落，梁蓝准备关门的时候，只见小女孩满面笑容对她说："我就知道您家一定没有，喏！"说完，那攥着蜡烛的小手高高地举了起来，继续对梁蓝说："妈妈和我怕你一个人住没有蜡烛会害怕，所以让我带两根来送你。"

　　顿时，在黑暗中梁蓝红透了脸颊，内心充满自责、羞愧，同时又夹杂着浓浓的感动。在异乡的漆黑夜晚，梁蓝从这个独身女人和小女孩

那里得到了满满的感动，她再也无法抑制自己的情感，热泪盈眶地将小女孩搂在怀里。

成长感悟

忙碌的工作、竞争的压力让我们渐渐地忘记了善良这一天性。人们常会想：多一事不如少一事。不愿意将内心的柔软公之于众，其实这社会并不是那样冷酷无情。希望心地善良的小女孩的故事，能够唤醒你心中那份沉睡已久的善良情感。

用善良开启希望之门

王静出生在遥远的北方小城，被时代的风撩拨着秀发和心思，总梦想有一天去大都市成就一番事业。终于有一天她去了深圳寻梦。求职的道路很艰辛，虽然手握大学学历，但仍然抵不过人才的泛滥。在她的信心和钱包都快被耗尽时，一次极其适合她的面试机会又点燃了她心中的希望。

在去应聘的路上，王静无意中从一家时装店的玻璃上看到自己身着陈旧衣裳的模样，一瞬间，她的自信心仿佛被击退了一半。老板娘看到女孩橱窗外渴望的眼神，以为她将是一位潜在的顾客，遂热情地邀请她进了店。被老板娘的情绪所感染，她在店里兴奋地试穿了一套又一套漂亮的时装，猛地一抬头，她看到镜中的自己仿佛换了一个人，不禁心里体味到"包装"一词的巨大内涵。

但想想自己的经济实力，可能连下一顿饭都即将没有着落，更别提一套新衣服了。于是她冒出一个大胆的念头。她径直走到微笑的老板娘面前告诉她："对不起我没有钱，但我很想借这套衣服穿穿，因为今天的面试对我来说太重要了。原谅我的冒昧。"并双手递上了她的身份证，愿意以此作为抵押。

听到这话，老板娘脸上的微笑瞬间凝固了，她直直地盯着王静。王静的心头一颤，隐隐地感觉到一顿臭骂已不可避免。但出乎意料的是，老板娘接了过她的身份证，淡淡地说了句："别弄脏了。"王静做梦都

没有想到，事情能如此顺利。拿着包装好的衣服，她向老板娘道谢后准备离开。她刚要跨出门时就被老板娘喊住了："等等。"王静心头一沉，以为对方反悔了。没想到的是，老板娘微笑着对她说："喏，这是我的鞋子，你把鞋也换一下吧，你的旅游鞋跟这套衣服不搭。"

王静心头一暖，带着满满的自信离开了服装店。当她走进应聘公司的大楼，面对衣装讲究、神情严肃的人事部经理的提问，她处变不惊，回答流畅，最终得到了这个工作的机会。第二天王静上了班，一个月后她已经完全地融入进了这个公司，和人事部的那位女经理也成了好朋友。一天经理问她为何不再穿应聘时的那套衣服时，她红着脸说："还了。"对着装很重视的女经理没有再追问下去。其实在面试那天，女经理就已经看到她衣服上还系着商标，新颖的衣式却配了双中年鞋子。当时的她没说什么，只是想到了年轻时的自己，同样穿着向别人租借来的衣服和鞋子，借她衣服的人并未收取租金，只是告诉她：善良和爱心会为别人开启一扇希望之门。

成长感悟

善良是人性的最美的一面，女孩也会因善良、富有爱心而变得美丽。上帝造就的每一个女孩都是折翼的天使，只有插上善良的翅膀，才能迎着光辉展翅飞翔。

善良的眼泪

尹芳出生在一个小山村，自小她父母双亡，一直在哥哥的照顾下长大。懂事的尹芳从小就知道，要好好学习，靠知识来改变自己的命运。她拼命读书，终于研究生毕业，这时她发现，拥有研究生的学历并不能顺利地帮她找到工作。只好又花钱送礼，终于托人谋得了一份银行柜员的工作。

但也许是尹芳的命太不好了，刚上班没几天，她们行就遇到了一名劫匪。那是一个丧心病狂的杀人犯，穷途末路之际他选择去抢银行。当劫匪命令尹芳和另一个女孩帮他往袋子里装钱的时候，那个女孩拼命地大叫，劫匪便开枪杀了她。因为有人报了警，警笛声越来越近，劫匪只好将她作为人质带上了车，挟持着尹芳一路狂逃。

但最终劫匪还是进入了警察的包围圈，杀红了眼的劫匪怎能就此罢休呢？他向所有的警察喊话："我身上背了好几条人命，怎么都是死！"边说边在尹芳的脖子上划了一刀。

看着血一点点地渗了出来，尹芳知道自己碰上了亡命徒，可能生还的希望不大了，嘤嘤地哭了起来。"害怕了？"劫匪问她。她说："不，我只是觉得对不起我哥。"

"你哥？"

"是的，我跟哥哥自小就是孤儿，是我哥把我养大，为了供我读书，哥哥卖过血。我看你和我哥年龄差不多，如今我要是活不了了，我哥为

我花的钱、吃的苦都白费了。"

劫匪听了，心里为之一震，女孩的经历跟他很相似，他也有个妹妹，也是为了供妹妹上大学，他才铤而走险走到今天。于是劫匪突然有了一种想跟尹芳聊天的冲动，他听着尹芳讲述和哥哥小时候的故事，忽然觉得活着是那么美好。但面对警察，劫匪又好像回到了现实，发现自己已经无路可退。

他拿出手机，递给尹芳："给你哥打个电话吧。"电话接通，尹芳觉得这可能是跟哥哥的最后一次通话了，为了不让哥哥难过，她故作镇静地说："哥，你先吃饭吧，我今天加班，不回去了……哥，天凉了，你多穿衣。"听着尹芳和哥哥的对话，劫匪突然情绪失控，伏在方向盘上哭了。"你走吧。"劫匪对她说。

她简直不敢相信自己的耳朵，还呆呆地坐在那里。"快走，不要让我后悔，也许我一分钟之后就后悔了！"她下了车，走了几步后，便听到一声枪响，回过头去，她看见歹徒已经倒在了方向盘上饮弹自尽。

有人问她那样穷凶极恶的歹徒为什么会放了她，她平静地说："我只是给她讲了讲我的小时候，给我哥打了个告别的电话，然后劫匪流泪了，便放了我。"

成长感悟

穷途末路的劫匪，也会因女孩的善良勇敢而动容。同时女孩那颗柔软的心，也激活了劫匪心底最细腻的部分。有时候，善良不仅能帮你取得事业上的成功，也有可能帮你度过最危险的际遇。

第三章
为自己开出一朵花——
公主在生活中学会成长

把心置于冷水，做淡定从容的人

　　长大后的我，回望当年高中时代的自己，真是个少不更事的小女孩。通过那年老师的教诲与时间的历练，我明白：做人不要太过自信，把心置于冷水，谦虚、淡定一点才好。

　　那一年，我所在的高中举行学生会主席竞选，开朗外向、颇具人缘的我毫不犹豫地报名参选了。初赛战绩不错，于是我信心大增，忘记了稳扎稳打做好该做的事情，完全挖空心思宣传自己，以准备最后的选举。可结果我失败了，甚至连个普通的学生会职位都没有竞选上。当时我觉得丢人极了，心情沮丧到了极点，每天上课也无精打采。

　　老师看出了我的情绪变化，将我叫到办公室，什么也没说。然后倒了一杯热水，又倒了一杯冷水，笑着问我："你说如果我把它们拿到室外，哪一个杯子里的水先冻上？"我说："一定是冷水！"老师不语，把两杯水拿到了窗外。过了一会儿，我们看

到热水已经结冰，可那杯冷水还没有，我惊讶无语。老师笑了笑："竞选时的你，心燥热的如这杯热水一样，遭遇了失败的寒流，便容易被冻结。"然后老师又从窗外拿进来一个冻了的苹果，切下两块，一只杯子里放了一块苹果。问我："你说，哪一个杯子里的苹果先解冻？"我犹豫了一下："应该是热水杯里的先解冻吧？"可结果又出乎意料，冷水泡过的苹果虽然外面包着一层冰，但苹果肉已经解冻了。热水浸泡的苹果，虽然表面是软软的，但它的内部却没有解冻。老师对我说："现在你那颗冰冷的心就像这块冻苹果，如果它被燥热的水浸泡，解冻是漫长的，不如给它降降温，冻就会很快地解开。"

听了老师推心置腹的话语，我醍醐灌顶，突然间发现自己是那么的浮躁，冷静下来再想想自己的条件，其实还真不具备竞选的实力：学习中游，各项集体活动中也并不积极……想到这里我一下释然了。

成长感悟

生活的磨砺让我们更快地生长，在未来的岁月中，要提醒自己给炽热的心不时降降温。要知道，狂热的追求，到最后没准一头栽到冰窟窿里。但是，如果让心冷静下来，很多事情就会变得轻松释然。

小细节大人生

刘梦和张帆在大学里是一个宿舍的姐妹，两人私交甚好，毕业后又同去了一个城市的同一家报社，尽管两人性格迥异，但也不妨碍她们成为一对同事加好友。

刘梦从小到大，一直被誉为乖乖女，她在家里是好孩子，在学校是好学生，到了单位又是优秀员工。这可能与她文静的性格有很大的关系，做事总是细致周到、井然有序。生活中她爱干净，写起文章来更是精耕细作，字字推敲，让人挑不出毛病。可刘梦唯一的劣势，就是鲜有创新意识，文章平淡无奇，读后也不会给读者留下任何印象。

而张帆与刘梦性格正相反，她做事不拘小节，性格外向活泼好动。从小到大，总是被人视作假小子，到了工作岗位依然大大咧咧，写起稿子甚至还错字连篇，但张帆的才华，就是她的灵性与创新，她完成的稿子总是出其不意，行云流水间让人回味无穷，看完后还久久难以释怀。

有一天，两个人一起去一家小饭店吃饭。看过菜单，做事认真的刘梦说："谁是老板？叫你们家老板来！"然后把菜牌递给张帆，张帆看了一眼也说："对，找你们老板来。"

老板来了以后，刘梦说"简单的家常菜单，上面居然有5个错别字，请你改过来。"老板一听，原来这样，连声道谢，承诺立刻改。说完刚要走。张帆叫住了他："您好我是报社记者，你们家的菜比别人家平均便宜三分之一，这样还赚钱吗？"

　　老板一看是记者想采访，就打开了话匣子。把自己这几年创业过程中的所有经历一古脑地说了出来。张帆回去后，连夜赶出一篇深刻且生动的文章——《小菜谱中的大故事》，文章发表后，引起了社会广泛关注。

　　多年以后，古灵精怪、敢于创新的张帆，已是南方某大报总编，活跃在出版文化圈的前沿。而老实本分的刘梦仍然留在原来的城市，经历了后来的报社改制，最终因思想守旧而下岗。

成长感悟

　　应试教育培育了中国千千万万的考试机器，禁锢了学子们的创新精神。老师同学眼中的好同学，一生本分，最后却换来个思想守旧的帽子。而调皮的人，我们认为他拥有的是一种大智慧，虽然这类人在细节上会出现很多错误，但是他们能够把握住主要的方向。而过于注重细节的人，就好像井底之蛙，只能看到眼前的那一小堆问题，而完全走错了前行的道路。

大胸襟做大赢家

露娜在学校主修金融专业，毕业后到一家金融公司做基金研究员。不知为什么，她的主管老是看她不顺眼，比如下班后主管邀请大家去他家吃火锅，总是不小心忘记了她。露娜给自己打气，她要犒赏自己去法国餐馆吃高级的料理，去他家吃火锅算什么，我要比他还享受！

在工作中，主管分配给他的基金，也总是冷门商品，很难有顾客会选择，业绩一直平平。面对这些她也不生气，埋头钻进课本，学习新的知识，她的目标是让自己在行业中的知识量永远在他人之上。

如今，露娜成为金融公司营销企划部的高级经理，她非常感谢那个给她"穿小鞋"的领导："谢谢他这样对我，否则我现在还只是一名小小的分析员！是他的态度逼我有了今天的成就！"

而现在在保险业任高管的王紫，也曾经有一段艰辛的创业之路。记得十年前她做保险业务员，面对的第一个客户就是一位大公司的董事长。她委托秘书将自己的名片递交进去，预料之中的，董事长不耐烦地把名片丢了出来，站在门外的王紫非常尴尬。但她并没有放弃，又把名片递给秘书："没关系，我下次还会再来拜访，所以还是请董事长留下名片。"无奈，秘书只能再次将名片递交上去，董事长大发雷霆地将王紫的名片撕成两半，掏出来 10 块钱说："我用这 10 元钱，买她的名片总可以了吧？"看到这里，王紫高兴地走进办公室，递给董事长一张名

片："您好，10元钱能够买两张名片，我还欠您一张！"办公室突然传出董事长的笑声："好吧，请坐，这么聪明的业务员，我不跟你谈生意，还找谁谈？"

成长感悟

　　我们常说忍辱负重，其意思就是要忍得住屈辱，而完成重大的任务。这不仅与人的心理素质有关，亦与你的胸襟有关。两个小故事的意思很明显，只有胸襟大的人，才能有所作为。有的人总是注重面子，其实殊不知，忍得一时气，方能有作为，生活中无数经验告诉我们，大胸襟的人才是最后的大赢家。

只有小演员，没有小角色

艾莉是英国大使馆的一位出色的外交官，可有谁知道，毕业之初的她只是一名普通的接线员，从接线员到外交官，艾丽究竟有怎样的能力，使她的职业生涯发生了如此巨大的蜕变呢？

几年前，艾丽毕业于外交学院，在学校里她是品学兼优的好学生。不巧的是，在她毕业的时候正赶上政府大幅度裁员，外交系统也是如此，即便是高材生也很难进入。

一直以来，学校的老师和同学们都认为，艾丽毕业后一定能成为一名外交官。出乎同学们的意料，出类拔萃的她居然被分配到英国大使馆做电话接线员。一个高材生，屈尊为小小的接线员，几乎所有人都在为艾丽感到可惜，认为她怀才不遇，做了这项"没有出息"的工作，就意味着永远告别了成为外交官的梦想，身边的人无一例外地劝艾丽尝试寻找别的工作。

然而，她自己却无怨无悔。她说她喜欢大使馆，即使做不成外交官，也要在离大使们最近的地方工作，而且从接线员起步，也许会成长得更扎实呢。自此她满腔热情、任劳任怨地投入了接线员的工作。除了需要背的使馆人员的名字、电话、职位，甚至连他们的家人的名字，艾丽都背得滚瓜烂熟。

作为接线员的艾丽每天都要接听无数个电话，有些电话打进来，却不知道要办的事情应该找谁。她总会详细地询问，然后帮助他们找到

该找的人。每通电话艾丽都快乐地接听、耐心地讲解，从未有过不耐烦。慢慢的，使馆人员习惯了将口讯留给艾丽，有时外出前，经常会交待她，有谁可能会来电话，请她转告，有的人就连私事也委托她通知。不到一年，使馆人员都亲切地戏称她为"呼叫中心"。

终于有一天，领导走进电话室，对艾莉赞赏有加地说："只有小演员，没有小角色。在平凡的接线员岗位上，你做出了不平凡的成绩。你将受到外交部的嘉奖……"

没过多久，艾丽就成为了英国大使馆大使的秘书，最终成为了一位令人羡慕的外交官。

成长感悟

天将降大任于斯人也，必将苦其心志，劳其筋骨，饿其体肤。没错，每个成功人士的背后，都会有一段不平凡的、艰辛的成长历程。但是只要你不放弃、有能力，是金子早晚都会散发出光芒。

着眼脚下的基石

曾经我也是血气方刚的大学生，毕业前夕也曾豪言壮志，准备闯出一番天地。但毕业时工作的分配，使我的人生发生了一系列的转折。学校居然将我这个体态弱小的女同学派往林区的小镇支教。

当时我的心情真是糟透了，那里的工资低得可怜，条件也非常差，更何况我还是女孩子，我想不通为什么校领导不能照顾我一下，会让我来这里。而同学们一个个都去了国家机关或城里的学校。于是，在小镇上的我，一边抱怨命运不公，一边想着那些拥有一份体面的工作的同窗好友们。我越来越不安于现状，不仅对工作没了热情，甚至多一秒钟我都不想再在这个小地方待下去了，整天琢磨着"跳槽"，幻想自己能有机会调动，到一个好的工作环境中发愤图强。

转眼间两个春秋过去了，由于我的厌倦，本职工作干得一塌糊涂。这期间，我断断续续地试着联系了几个自己喜欢的单位，但最终没有收到一份回复。我不知道自己的问题究竟出在哪里。我反复问自己：你还是那个激情澎湃的大学生吗？还是老天真的不再眷顾我！

那天学校开运动会时，一个不经意的小事情终于点醒了我。

学校运动会对于这个落后的小镇来说，绝对是件大事，前来观看的人非常多。操场周边被人们围得水泄不通，密不透风。这时一个身材矮小的男孩闯入了我的视线。由于身高问题，他怎么也不可能看到里面的比赛盛况，只见他不慌不忙，一趟趟地从不远处搬来砖头，在人群外，

耐心地垒着一个台子，石头堆起半米高。虽然他垒这个台子花了很长时间，虽然为此他少看到很多精彩的比赛，但他登上那个自己垒起的台子时，回头冲我一笑。表情上充满了喜悦和自豪。此情此景令我为之一振，联想到了自己的前途：要想越过密密的人墙看到精彩的比赛，只要在脚下多垫些砖头。没错，那么多大学毕业的才子，就好像这密密的人墙，而我在这竞争激烈的环境中，只是个普通的不能再普通的大学生。知识和书本就是垒在脚下的石头，只有不断地垫高脚下的"石头"，通过知识来武装自己，才能有所提升。此后，我不仅将满怀的激情投入到学校的工作中，还在课余时间进修了研究生课程，相信在不久的将来我一定能走向成功的终点！

成长感悟

在校园里，所有同学平起平坐，学习一样的文化知识，但是在竞争激烈的社会中，与别人相同，你是不可能得到被重视的机会的。必须一步一个脚印地学习，用更多的特长武装自己，这样才能鹤立鸡群，在众人之中凸显出自己的水平。

命　运

　　王云和刘思明是大学老师，在学校里，他们是师生们都很羡慕的一对年轻夫妻。两人读研究生时是同学，毕业后一起留校从事教育工作，都教哲学。

　　与所有年轻人一样，他们也喜欢旅游、摄影，两人发誓要读万卷书，更要行万里路。寒暑假时，王云和刘思明总会抽时间外出旅行。

　　这年寒假，他们来到了一座坐落在名山深处的古刹——白印寺庙。在古刹的庭院中矗立着白印禅师的全身塑像，足以见得人们对白印禅师的崇敬。这座庙宇因住持白印禅师的德高望重而远近闻名，寺内香火极旺。碰巧在进香时，夫妇二人遇到了白印禅师，便迎上去请教："禅师，请问您相信命运吗？命运又在哪里呢？""当然。"白印禅师明确地回答。"那我们的命运在哪里？"他们又问。白印禅师说："请二位伸出自己的手，看看掌心里的线，知道它们代表什么吗？"王云说："当然，这是生命线，这是事业线，这是爱情线。"禅师又道："恩，没错，这三条线就是你们的命运！"

　　接着，禅师让他们跟着自己做一个动作：将手掌慢慢收起，握紧。随后又问他们："爱情、事业、生命这三条线在哪？""在我们的手里！"刘思明不假思索地回答。禅师问："那命运呢？"

　　哦！原来如此，命运不就是在我们自己的手掌心里吗？大师就是大师，通过肢体的小动作，就能让我们明白"命运"这一深刻的含义。

　　之后夫妻俩受白印禅师的邀请，在古刹中食斋饭。用餐过后两人在庭院中闲逛，偶然看到一名禅师正在白印禅师的塑像前虔诚地求拜。当禅师抬起头来，他们不禁大吃一惊，原来白印禅师居然在求拜自己。夫妻俩大为不解，上前询问缘由。大师笑道："正所谓求人不如求自己。"

成长感悟

　　夫妻二人在古刹中与禅师的相遇告诉我们两个简单的道理，首先就是不要把自己交给别人，因为你的命运就掌握在自己的手心儿里；另一个就是求人不如求己。大师想传递给我们的真理就是：做自己的主人，创造属于自己的天地！

玫瑰不着急绽放

明月一直认为自己是个对生活有计划的人，从小她就比同龄人更有自立能力，显得比同龄人更加成熟。上大学的时候，她曾给自己定下目标：25岁要有一份稳定的工作，28岁要在自己从事的行业中有一席之地，30岁要有属于自己的房子和汽车，40岁前要有自己的公司，等等。

毕业后的她从事过很多工作，当记者，做广告，甚至还当过化妆品导购。频繁地跳槽换工作，不仅让她离成功越来越远，甚至连个稳定的工作都没有。她心里沮丧极了，但仍不肯服输。到了过年回老家时，她为了面子，节衣缩食地给父母买了昂贵的保健品，好像成功人士衣锦还乡一样。村里的人都跑来祝贺，吃了半辈子苦的父母笑得合不拢嘴。年后离家时，母亲出门送他，把手里攥的皱巴巴的两百块钱给了她，嘱咐她去买件秋衣，注意身体，不要苦了自己。她低头一看，原来是已磨得不成样子的内衣袖口露了出来。她羞愧难当，差点掉下眼泪。

回到城里她愈发焦虑，像一头急于寻找出路的困兽一样，但命运好像故意捉弄她，越是着急，越是处处碰壁。最后好不容易应聘到一个公司，每天重复着最简单最琐碎的工作，明月觉得这工作看上去一点成功的机会都没有，再干10年和现在也不可能会有太大区别。

这天午饭后，她到公司后面的一个街道花园散步。花园里姹紫嫣红，月季、菊花、郁金香、茉莉，都在竞相怒放，只有玫瑰还是花骨朵。明月不解，遂跟在一旁的园丁老伯聊了起来："大伯，都五月了，满园的

鲜花都盛开了，为什么只有玫瑰还没开花？"老伯见有人跟他聊花，这话匣子就打开了，回答道："姑娘，这玫瑰我给它松了很多遍土，施了好多的肥，它就是不开，因为好看的花从来不着急开放。玫瑰就是这样，它要等满园的花都争先恐后地开了，它再慢慢地打苞，慢慢地开，一旦开花之后，在满满一园子花中，它的娇艳美丽绝对无与伦比。开得太急注定成不了大气候，积攒的力量大了，开起来才有气势呀！"

听到这些，明月仿佛明白了什么。她决定要做像玫瑰一样的花，要充分为自己积攒能量，等待那一次的怒放。此后，明月一有空就去图书馆看书，工作中也更加努力地学习借鉴别人的优点，仅用不到两年的时间她就成为分公司的经理。

五年过去了，正如她的规划一样，明月拥有了自己的公司，她也越来越忙碌。但无论多忙，她也不会忘记照顾自己办公室里那一盆盆栽的玫瑰。只有她自己心里清楚，玫瑰除了装点环境外，对她意味着什么。

成长感悟

现代社会中，玫瑰花常常是男士拿来送女士的，用于表达感情的礼物。但从来很少有人会去研究玫瑰花生长的历程。玫瑰花之所以惹人喜爱，究其原因，就是因为它生长时的淡定。好花晚开，大器晚成，做人也是如此。如果你真的有能力，那有什么好着急的？

一朵花的春天

安娜注意到，最近正在上小学的女儿麦琪每天都变得很忧郁，甚至有一些自闭的倾向。安娜非常着急，仔细询问麦琪才知道，学校里的好朋友不跟她玩了，说着说着麦琪委屈地哭了。

安娜耐心地开导她，询问其中的原因，问她是不是做了一些伤害小朋友的事。麦琪说她并没有做什么。安娜觉得很奇怪："那为什么人家不跟你玩呢？"麦琪自己也不知道，安娜只好开导她不要把不愉快的事放在心上，还会有其他新的朋友，麦琪乖巧地点点头。

从此以后，安娜开始认真观察自己的女儿，以寻找麦琪失去朋友的原因。后来她发现自己的女儿并没有什么做得不对，就是不太会与人交往，偶尔在言语上会冲撞人。虽然这都是小孩子的无心之过，但麦琪还是因为这件事情影响到了自己的学习成绩，个性比以前更加安静，更加自闭。安娜看在眼里急在心上，努力想办法帮助女儿重新建立快乐。

一个星期天，她决定带女儿郊游散心，母女俩一路欢声笑语地在山中前行。山坡上布满了各种各样的野草、野花，放眼望去好像绿色的地毯上布满了小花的装饰，漂亮极了。刹那间她发现女儿被花丛中的一朵小花所吸引，麦琪兴奋地跑过去，蹲在那小小的花朵跟前，回头喊道，"妈妈，妈妈，你看这朵花比所有花都好看！"

看到女儿快乐的样子，安娜蹲在女儿身边说："真的很美，这一朵花比满园的春色还耀眼。遍地的鲜花是在报春，一朵花也是春天，春

天来了没有任何事情能阻止一朵花美丽绽放。"

此后，麦琪再也不会为没有朋友的事而烦恼了，因为她记住了妈妈的话："一朵花也是春天！"

在学校里她努力学习，即使没有人跟她玩耍，她也无所畏惧，最后通过自己的能力，她重获老师的喜爱，也有了很多好朋友。

成长感悟

现实生活的残酷，会把一个少不经事的小女孩磨砺成能做敢当的大女人。不要因为外界因素的困扰，阻碍你前行的脚步，因为春天终将到来，到那个时候没有任何力量能阻碍一朵美丽的花怒放，也没有任何一个人会阻碍你快乐地成长，一朵花也是春天！

苦难人生亦有出路

生活在山里的伊童，小的时候因为家里穷，十几岁就出来干活，跟村里的所有人一样，小小的年纪她就上山背石头。每天要背几十斤重的大石头，压得她腰都变了形。

后来到了该结婚的年龄，有人来说媒，伊童以为自己的苦日子算是熬到了头，总算有个男人要为她撑起一片天空。可谁知结婚第二个月，她才渐渐发现丈夫精神有些不正常，那时的她已经怀孕了。

经历十月怀胎，伊童诞下一子，孩子出生不到一周，丈夫又发病住进精神病院。为了支付丈夫昂贵的医疗费，她每天早晨3点起床，外出做工，晚上10点多回家，那时的她常常一个人蒙在被子里哭。可是，即使这样，老天还要折磨她，一场车祸将她撞得血肉模糊。在医院里昏迷了两天后她才清醒过来，睁开双眼看到自己身上缠满了纱布。想着自己不堪的生活，她想到了死。

那一年，伊童才29岁。29岁，对别人来说，还是个意气风发的年纪，可是对她来说，却好像经历了一个世纪那样长。她曾仿佛问自己，为什么所有的灾难，都落在我的头上？

儿时伙伴来看她，她脸上绝望的表情让人担忧，伙伴想劝劝她，话到嘴边又不知如何说好，然后转身出去给她买了一个最好的随身听对她说："听音乐吧！"

她躺在床上，打开音乐。莫扎特的钢琴曲萦绕在耳边，慢慢地将

她包围。她仿佛置身于蓝天白云之间，忘记了现实中的困苦。

从那以后，她知道自己已经爱上了音乐。平静优雅的乐曲，在她生命最困苦黑暗的时候让她看到了微弱的亮光。沿着光亮前行，苦难的人生亦有了出路。这是一个真实的故事，一个有关生活与音乐的故事。

成长感悟

人生对于每个人来说都是公平的，没有人生来一帆风顺，每个生命都要经历痛苦和磨难，只不过是或早或晚、或多或少的区别。面对痛苦，当你觉得快要承受不住的时候，就要想办法为自己的苦难人生找到一个出路，也许退一步就会峰回路转，转移一下注意力，就能柳暗花明。

小 花

谁都知道，背靠大树好乘凉，就连森林里的小花，也深知这个道理。有一朵小花就生长在一棵非常粗壮的大树下。

瘦弱的小花一直都很庆幸自己生来就有大树的保护，风吹不着，雨淋不着，火辣辣的太阳也晒不着。小花在大树的庇护下生长得无忧无虑。

突然有一天，来了一些人，只见他们拿着电锯，不一会儿的工夫，大树就被放倒了，然后工人们又把大树分成一截截地运走。一瞬小花的依靠——这棵参天大树就消失不见了。

小花见此情景伤心死了，它不仅为大树在哭，也为自己哭。它边哭边喊："天啊，大树就这么被人带走了，没有它的保护，我该怎么办？如何面对狂风，如何躲避骤雨，即便有幸躲过它们，我也会被炙热的太阳烤蔫。"

成长感悟

宝剑的锐利刀锋是通过不断地磨砺而得到的，梅花飘香是因为它度过了寒冷的冬季。之所以它们有令人喜爱的特质，都是因为经历过磨炼与雕琢。如果只像小花一样在大树的庇护下生长，而不是独立面对周遭环境，就不会拥有独特的气质。我们人类也一样，要想拥有珍贵品质或美好才华，一定需要不断地努力、修炼，排除万难才能实现。

不远处的一棵小树听到了小花的哭声，赶快安慰它说："别哭了小花，你应该高兴才对。如果你一直躲在大树的阴影里，被大树所庇护，你拥有的只是短暂且暗淡的一生。没有了大树的遮挡，太阳公公可以照耀你，甘露也能滋润你。只有这样，你才会生长得更茁壮，开出更美丽的花瓣。等到你变得强大，即使狂风暴雨来了也不能把你怎样。"

突然小花停止了哭泣，因为它看到了太阳，感受到了从未有过的温暖。

天上不会掉馅饼

郊外的河里经常会有人来钓鱼。鱼妈妈带着自己刚出生的宝宝们在水里寻找食物,忽然一个散发着诱人香气的东西出现在它们的面前。

小鱼使劲摆动身体冲在前面,想抢先一步吃下这美味的食物,也想在妈妈面前表现自己的能力。鱼妈妈赶紧拦住了它:"慢着!这虽然是食物,但它是诱饵,一定是人类放下的钓钩。"鱼妈妈说。

小鱼不解地问妈妈:"妈妈,这真的是钓钩吗?我没看见钩啊!只闻到了很香的味道,是不是您太紧张了?我怎么样才能吃到这美味的

食物呢？"

鱼妈妈说："钓钩就隐藏在美味的后面，如果你咬到它，绝对会有风险的。"

小鱼仍不死心："可是美味确实是存在的，而它就在我的眼前。怎么才能不费劲又能吃到它呢？

鱼妈妈耐心地说："我的孩子，这是不可能的，不要因为眼前的一点美味，而忽视自己的安全，保证自己安全的最好办法就是不去触碰它，否则你可能会付出生命的代价。一定要记住我说的话！天上不会掉馅饼，没有一种果实是不需要付出就能有回报的。"

成长感悟

记住，天上不会掉馅饼。往往美好的事物背后会隐藏着极大的危险。当别人对你施予巨大的诱惑时，一定要冷静冷静再冷静，想想诱惑背后的风险，禁得住诱惑、耐得住寂寞，在保证自己安全的前提下，才能谈得上成功与收获。

有所得，必有所失

村庄里有一户人家，家里养了狗和牛。

一天，家里的牛不堪重负想要离家出走，恰巧狗也因为每天吃不饱，时而还会挨打准备离开主人。于是，它们俩约好晚上一起出逃，回到大自然中自由自在地生活。

夜幕降临，狗如约来到牛舍，牛被绳子拴着。狗正准备咬断拴着牛鼻子的绳子，可老牛却阻止了它。狗感到奇怪，问老牛："怎么，你不想走了？"牛说："不是，这条绳子陪了我几年了，我只是不愿意让这条绳子离开我啊，没有绳子，我就什么都没有了，请帮我把它从树身上解下来，让它跟着我走好了。"

狗劝老牛不要那么悲伤，没有了绳子，回到大自然中你会得到更多的东西。但老牛依然坚持要带绳子走。没办法狗只好听从牛的话，好不容易把牛绳从树上解开后，然后它们一起奔向旷野。

狗一路飞快地向山脚下跑去，过了一会儿，它回过头再去找老牛时，发现主人已经发现了逃跑的老牛，牵着绳子把它往回赶呢。原来，牛开始逃跑的时候很顺利，不料一块大石头把绳子挂住了，耽误了老牛的逃跑时间，等到老牛费尽气力把绳子拽出来时，主人已经发现，并追了过来。老牛又失去了自由。

成长感悟

我们常说要舍得，舍得就是有舍才有得。生活中有很多这样如老牛的例子，如果不能放弃现在拥有的，就不能顺利前行。也许我们目前所拥有的东西会被视作经验和财富，但也许它还是你前进路上的羁绊呢。

失败是成功之路的基石

英国小说家、剧作家柯鲁德·史密斯曾经这样说："对于我们来说，最大的荣幸就是每个人都失败过，而且每当我们跌倒时都能爬起来。"

很久以前，在一个小镇上有个缝纫高手，她凭借着一双巧手，不仅养大了三个女儿，还成了闻名于十里八乡的"巧娘"。"巧娘"年过半百，拥有一流的裁缝手艺，全家人的生计都靠她给人裁制衣服而得，无论是有钱的太太定制衣服，还是穷苦的妇人缝缝补补，每个人只要需要缝补的活计都会想到她。这一辈子她不记得自己做过多少件衣服，只是随着年龄的增长，女人的双手磨满了老茧，眼睛也很花了，于是"巧娘"准备退休。退休前，让她最不放心的，就是她那三个女儿。

孩子们从小就跟着"巧娘"在自家的裁缝店帮忙，一般缝缝补补的小活儿孩子们干起来有模有样的，按说她们的缝纫技术也应该不亚于母亲。但现在最让"巧娘"苦恼的是，无论她怎么指点，孩子们独立剪裁服装的能力就是非常差，很难有长进，甚至连镇上一般家庭妇女的水平都赶不上。郁闷的"巧娘"没事儿的时候就跟邻居大姐聊起了心中的苦恼。大姐听到后问"巧娘"："你都是怎么教你女儿们的？"

巧娘说："我从她们懂事起就传授缝纫的技术给她们，开始从最基本的东西教起，告诉她们怎么韧针，怎么帮人量尺寸，什么样的布匹适合做什么样的衣服，哪些样式的洋装最漂亮。现在，女儿们长大了我又教她们怎么剪裁才能掩盖客人身材上的缺陷，使顾客穿上更衬托气质。

以及一些时下流行的剪裁技巧。只要是我会的，我都毫无保留地手把手地传授给了她们，可她们的裁缝手艺还是很差。""你一直将女儿们带在身边，让她们跟你学习吗？"老大姐问。"是啊，为了让她们少走弯路，我一直让她们跟着我！"大姐说："显然啊，问题就出现在这里，你只顾传授给她们技术，却从没让她们接受教训。失败乃成功之母，对每个人来说，没有失败的教训与没有经验一样，是不能让人成功的啊！"

成长感悟

　　失败的经验有千万种，而通往成功的道路偏偏只有一条，这条路是用无数次的失败教训搭建而成的。正是因为不断地经历失败和磨难，人们才能吸取经验教训，性格也会变得更加坚韧强大，当你跌倒后又重新爬起来的时候，跌倒的教训就会成为你成功的经验，跌倒的次数多了，成功之路也就越发平坦了。

用心良苦的农夫

从前有对农村夫妇，年龄很大了才生了一个漂亮的女孩，老来得子的夫妇俩对她也宠爱有加。慢慢地，孩子越长越大，也变得越来越懒惰。长大后也整日不干活，村里的女孩到了结婚的年龄都有媒人过来提亲，只有这个懒姑娘没人敢娶。

夫妇俩每天都为女儿的未来发愁，"这么懒的姑娘，如果以后我们不在了，她该怎么活啊？"农夫说。

突然有一天，农夫得了重病，他也没有太多钱留给女儿，很担心

以后孩子不勤劳没有饭吃。农夫很快想了一个好办法，他把女儿叫到了自己的床前，对她说："孩子，我可能活不了多久了，在葡萄园里我给你埋下了很多钱。找到它你这一生就可以衣食无忧。"农夫虚弱地说。说完这段话农夫就离开了人世，女孩马上拿着犁头去葡萄园里翻地。第一天，她把整个葡萄园翻了一遍，没找到。第二天，她一早又起来找，这次她把地挖得很深，还是没找到。第三天、第四天她还是没有放弃，依然没有结果。最后，由于这片土地经常翻土，园里的葡萄长得非常的好。到了收获的季节，女孩将葡萄卖了很多钱，这时她才明白父亲的用意。拿到自己亲手挣来的第一桶金，她改掉了懒惰的毛病，扩建了自己的葡萄园，由一个懒女孩一下子变成了勤奋的姑娘。

成长感悟

金钱、珠宝、房产，如果我们只是躺在这些财富上睡大觉，即便你有万贯家财也都会被挥霍一空。只有勤劳才是我们握在手中的法宝。通过勤劳的双手，没有什么东西是得不到的，也没有什么财富是创造不出来的。

没人会带你

维亚纳出生在圣地亚哥的一个小村子里，虽然是女孩，但她有着像男孩一样的爱好。喜欢爬树、喜欢跟小动物嬉戏，身边的朋友也都是男孩，人们一直把她当假小子。

她10岁时，在她家附近有一个陆军炮兵团，周围村子的孩子们与驻扎在那里的士兵成了好友，维亚纳也在其中。她总是与士兵们泡在一起，以消磨无聊的闲暇时间。士兵们会送给维亚纳一些纪念品，像陆军钢盔、军用水壶，等等，维亚纳则以糖果、杂志，或邀请他们来家中吃饭回馈他们。

那天一位士兵朋友对维亚纳说："星期天早上六点，我带你上军舰钓鱼。"维亚纳雀跃不已，高兴地说道："真的吗，我从未靠近过一艘船，现在居然能在船上钓鱼，这太感谢你了！我要告诉我妈妈，周末请你来我家吃饭。"

周六晚上，维亚纳兴奋地一直没有睡着，为了确保不会迟到，她还和衣躺在床上。一晚上脑子里全是大海中的石斑鱼和梭鱼，她好像看见它们在天花板上游来游去。凌晨三点，维亚纳就爬出卧房窗口，带上钓鱼的工具出发了。此外还带了两份花生酱和果酱三明治。

可是从凌晨四点开始，维亚纳足足等了一早上，也没有等来她的士兵朋友。

"他失约了。"维亚纳说。当时的维亚纳并没有因为朋友的爽约

而生气，更没有爬回床上睡大觉，相反，她带着所有东西，一个人跑到售货集市，花光了自己所有的零花钱，买了一艘单人橡胶救生艇。她自己将橡胶艇吹好气，扛着自己所有的东西走向海边，这时已经接近中午时分了，到了海边放下橡皮艇，维亚纳利索地跳上了船，她自己摇着桨，航向远方。那天她在船上吃了自制的三明治，还钓到了一些鱼。这一天的成功经历对她来说，绝对是宝贵的一课。

成长感悟

　　世界上任何人包括你的父母都有可能对你爽约，只有你自己才能帮到自己。面对困境不要自怨自艾，不要抱怨他人，勇敢坚强面对生活中的各种插曲，它们都是帮助你从小苗长成参天大树的养分。正如科林斯所说的：人要是不能学会自立，他将一无所能。所以珍惜每一次独立面对难题的时光吧！

用心良苦的小提琴老师

玲玲从小喜欢音乐，尤其是小提琴，为了将她培养成优秀的小提琴演奏家，玲玲妈不仅给她买了一把价格不菲的琴，还不惜重金给她请到了市里最著名的小提琴老师——王晗。第一次上课，玲玲就感觉到了小提琴老师的与众不同。她不像其他老师一样，先了解玲玲的现有水平，而是拿出了一份事先就准备好的，非常难的乐谱让玲玲拉。这可难为了玲玲，她不情愿地拉了起来，中间停顿了无数次。玲玲觉得难听极了，认为是王老师在难为她。刚拉完，王晗老师便宣布道："这次课就到这里吧，这首曲子你回去好好练习，下周这个时间我们再见。"

玲玲被这位老师搞得丈二和尚摸不着头脑，回到家里后她跟妈妈说，不想再跟这位王老师学琴了，因为除了自己拉琴，王老师并没有教会她什么呀。妈妈建议她再坚持一下，毕竟人家是名师，肯定有自己的教学方法。

可是练了几天玲玲觉得，这乐谱实在是太难了，她简直要对小提琴失去信心了。

第二周的课玲玲硬着头皮赶到了王老师家，因为她尚不能顺畅流利地拉出那首曲子。没想到王老师根本没有关心她上周的练习结果，而是又给她摆出一份更难的乐谱。玲玲面对这份更高难度的乐谱，又抱怨了一周。第三周也是如此，王老师仍旧不提及以前的练习曲，只是不断地拿出新的、更加有难度的曲子让玲玲拉。第四周依旧这样。

这种日子坚持了近两个月，玲玲实在受不了了，面对这份根本拉不出来的乐谱，玲玲哭了。她对老师说："您是不是觉得我根本就没有拉小提琴的天赋，才故意折磨刁难我？"王老师笑着说："你是这样认为吗？来，再拉拉这首曲子。"玲玲打开一看，原来这是第一课的乐谱，结果出人意料的，玲玲拉地非常好，顺畅极了，有如行云流水一般，这连玲玲自己都难以置信，不禁说："这怎么可能？"

王老师淡淡一笑反问她："又有什么不可能呢？你一直在不停地提高自己呀。就好像爬山的时候，站在山脚下，你可能会觉得自己连半山腰都上不去。但你登顶俯瞰下方时，就会觉得半山腰根本不值一提。世间的很多事情也是这个道理。"。顿时，玲玲明白了其中的含义，也明白了王老师的良苦用心。

成长感悟

一览众山小的感觉任何一个人都想尝试，但往往会在登向山顶的途中，因为吃不了苦而放弃。同样我们在领略过大海的风浪之后，面对江河的波涛，就会觉得那根本不值一提。学习工作也是一样，当你面对困难不退却，永不停歇地接受更有难度的挑战之后，就会对当初棘手的难题付之一笑。因为在不断的磨炼中，你的潜力已经完全被激发出来了。

"斩草除根"的最好方法

一群即将出师的学生围坐在草地上等待老师出考题。老师用手向下指了指他们坐的地方说:"这是一片杂草丛生的旷野,我给大家出的题目是:要除去这些杂草,用什么办法最好?"

学生们一听考题如此简单,一个个展开刚还紧锁的双眉,立刻眉开眼笑地各抒己见。有人说:"用火烧才除得干净,而且时间快,不费力。"老师点头不语。又有学生说:"没听说过野火烧不尽,春风吹又生吗?火是不能将草除净的,只能用铲子挖,这必须有恒心才行。"听完这位学生的话,大家觉得有道理,皆点头同意,老师又没有发表意见,只是对学生说:"你们都回去按自己的方法试试,明年的今天我们再在这里继续讨论。"说罢老师就离开了。

一年后,弟子们都如约来到了这个地方。如今的这里杂草全无,是一片庄稼地,满眼的大豆、高粱,很多人都已经认不出它原来的样子了。学生们一边聊天一边等着老师,可老师却久久没有出现。正在同学们疑惑的时候,忽听到班长大喊着:"同学们,我明白了,我们不用再等下去了,眼前的庄稼地就是老师的答案——想除掉旷野里的杂草,最好的方法就是在上面种上庄稼。同样的道理,要想让我们的思想不被世间的'杂草'占据,就必须在心中种满美德。"

成长感悟

浮躁的社会,容易让人心生杂草,忘记心中的美德;当感觉你的内心不再纯净,美德被邪念与罪恶代替时,为自己种上一些庄稼,为心灵除除草吧。

大困难还是小挫折

在纽约市中心的一栋高档写字楼里，朱迪正在埋头处理手头的工作。现在的朱迪是一家世界五百强公司的高管。在整个行业内，朱迪也都是一个颇具影响力的人。但有谁知道十年前的她是什么样子呢？

那时，朱迪是一位刚刚毕业的大学生，由于正赶上经济危机，即便是大学毕业，她也与大公司无缘。最后为了生计，她只好在一家小旅店找到一份前台服务员的工作。由于旅店规模较小，老板也没有雇佣太多的服务员，朱迪有时还会兼职做一些客房打扫的工作。

开始，对这份工作朱迪很是珍惜。但是渐渐地，她开始有了抱怨。因为无论她多么努力，老板都不会对她有一丝笑脸，并且还常常警告她：

"不能偷懒哦，我可是天天都会查！"漂亮能干的朱迪哪受得了这种气！

半个月之后，因为老板提供的午餐总是一成不变，和其他的雇员一样，朱迪又开始了对午餐的抱怨。"早晚有一天，我会把那两片熏肠和那一片面包拍到他的脸上！"无处发泄之下，朱迪冲着前来接他夜班的老人发起牢骚来，"真是太煎熬了，等经济危机过去，我会立刻卷铺盖离开这里！"

等朱迪牢骚发完，平静下来以后，夜班老人对她说："听着，孩子，你之所以会这样，是因为你犯了一个错误，不是因为熏肠，不是因为面包，也不是这份工作！是因为你根本分不清，到底这些事情是小挫折还是大困难。像我这样经历过战争的老人，看到因为打仗而失去双臂、失去一只眼睛的太多了，或者街上那些流浪汉，他们整日填不饱肚子，或者每天一睁眼就不知道晚上是死是活，这才是难以对付的困难呢！其实人本身活在世上就充满了坎坷，祈求一切顺意根本不可能。学会面对小小的挫折，你就会拥有快乐。"

这番对话对于朱迪的影响巨大，她没想到一位相处不多的同事能如此看透自己，剖析她自己。对于她来说，这番话让她迅速找到了前进的方向。

从此，朱迪努力做好本职工作，在课余时间研修其他课程，最终在金融危机过去后，成功地进入了世界五百强企业。多年之后，已经很成功的朱迪依然不能忘怀那次谈话。

成长感悟

不要为小事大动干戈，否则你将永无宁日。没有什么样的困境是永远走不出的，也没有任何一个人会永远跟失败打交道。做个不抱怨的人，面对逆境时多问问自己，这是不是只是个小挫折？

沃土值千金

三个年轻人在北上的火车上相遇，通过聊天才知道，原来她们都是去辽南地区准备引进苹果的，一路上大家相处得很愉快。虽说是同行有竞争关系，但是在同一列火车遇到也让她们倍感亲切。

到了辽南地区，她们一起去了一个偏僻的山镇，在这里她们三人同时发现了一种个大、色美，且味道香甜的苹果。由于此产地处于山区，信息、交通都很闭塞，所以这种优质苹果没机会运到外面，只能在当地销售，且价钱压得非常低。

看到这些苹果，三人统统眼睛发亮，第一个人立刻决定倾其所有，买下10吨最好的苹果运回家乡，以比原价高两倍的价格出售。第一批货卖得很好，然后她又数次从此地进货，一下成为了家乡第一个富翁；而第二个年轻人在苹果园沉思片刻。决定购买100颗最好的苹果苗运回家乡，然后承包了一片果园，自己种植苹果。但用了三年的时间，她培育的果树收获的果实，还没有他们本地的好。

第三个年轻人在辽南地区待了很多天，每天只是围着果园看看这儿看看那儿。最后，她找到果园的园主说："我想买些泥土。"

主人一愣摇摇头说："不行，泥土卖给你了。我还怎么种苹果？"年轻人带着恳求的语气说："卖给我吧，我只要这一把。你开个价。"园主听了一愣，紧接着笑了，说道："嗨，就这么一把土，你拿走吧，不要钱。"带着这把泥土，年轻人返回家乡，然后找到农科院的专家，

让他们帮忙研究、分析泥土的各种成分以及泥土的湿度。然后，她承包了一片荒山，用了几年时间，培育泥土。那时人们都说她疯了，别人种树，她"种"泥土，但她却不在意。三年后，泥土培育成功，她在上面再栽上树苗，果然收获时节，果树上挂满了犹如红灯笼一样的大苹果。几里之外都能闻到苹果的香气。她，成功了！

成长感悟

　　我们做任何事情，都不能只看眼前的利益，更不能义气行事。多多观察、思考，经得起时间和困难的考验那才能真正获得成功，相反如果只看表面现象，只图一时之利的人，取得成功也只是一时之势，因为他们并没有找到成功的法则。

第四章
编织未来的红毯——
永远珍视我们的公主梦

珍爱梦想

艾米是美国新泽西州的中学老师。这天下课前，他给学生们布置的家庭作业是一篇作文，题目是《我的梦想》。

一个名叫格蕾丝的学生回家后，认真地在纸上写下了自己的梦想。她的梦想是将来长大后成为一名优秀的女建筑设计师。格蕾丝在作文里详细地描述了自己未来的职业，她说要设计最具未来概念的写字楼、体育馆，甚至还画下了一幅她设计的跑马场，画得非常详细认真，其中有马厩、跑道和花圃，还包括房屋建筑和室内平面设置图。

第二天，格蕾丝自豪地将作文交给了老师艾米。然而作业批回的时候，老师给她的评价是不及格，并要格蕾丝去老师办公室一趟。

在办公室，老师认真地说："格蕾丝，我不得不承认你这份作业做得很认真，但是你的梦想天马行空，太不切合实际了。"

那天格蕾丝一直低头不语，回去后她一直珍藏着那份作业。

　　十几年后的一天，艾米老师带领他的学生们参观一个一流的跑马场。正巧它的设计师也在。艾米老师没有想到跑马场的设计师不是别人，就是他的学生格蕾丝。格蕾丝告诉艾米老师，那天回去后，她把作文认真地收藏起来，那个不及格的分数，反而成了格蕾丝前进的动力，一天一天、一步一步，这份作业激励着她有了今天的成就。听到这里，艾米流下了既高兴又忏悔的眼泪，庄重地对格蕾丝和同学们说："当时我是一个不称职的老师，三十年来，我不知道用成绩改掉了多少学生的梦想。而你，是唯一保留自己的梦想，没有被我改掉的。这真的令我感动！格蕾丝，你是最棒的！"

成长感悟

　　小学的时候，相信很多人都写过关于梦想的作文，不知道到今天，有多少人实现了自己儿时的梦想。梦想其实就是我们对未来的美好憧憬，需要靠我们坚忍不拔的努力，梦想才能照进现实。

校长的鼓励

女孩朱莉安出生在纽约声名狼藉的贫民窟，这里是偷渡者和流浪汉的聚集地，以环境肮脏、暴力横行而著称。出生在这儿的孩子无论是男孩还是女孩，从小都会逃学、打架、吸烟、偷窃甚至吸毒或从事卖淫行业，长大后很少有人能够谋得比较体面的职业。但朱莉安是个例外，她虽然小时候也很调皮，被老师、家长称为假小子，但她却从不逃学。朱莉安很努力地学习，后来她不仅考入了大学，还成为了美国一家大型服装连锁企业的女 CEO，也是这家大型企业的第一任黑人女 CEO。

在她与公司签约就职的酒会上，某娱乐媒体的记者提出了一个问题："请问是什么把您推向 CEO 这把交椅的？"朱莉安道出了一个非常陌生的名字：保罗。反而对自己的努力只字未提。朱莉安提及的保罗又是怎样的一个人呢？后来大家才知道，保罗是朱莉安所在的诺必塔小学的董事兼校长。他上任后发现，这里所有的孩子完全不配合老师，他们打架斗殴、旷课逃学，甚至连教室的黑板都给打烂了。保罗绞尽脑汁寻求教育他们的方法，可是没有一个能奏效的。后来他发现这些小孩都很迷信。于是他为了鼓励学生，在上课的时候就多了一项内容——看手相。

有一天，保罗校长对朱莉安说："过来，让我看看你的小手。"朱莉安听话地伸着小手走近讲台，"我一看你修长的小拇指就知道，将来你会是一个服装品牌的 CEO。"保罗说。听到这话，朱莉安大吃一惊，

因为长这么大，没有什么人鼓励过她，唯一夸过她的奶奶，也只是说她可以有个自己的小便利店。而这次校长竟然说她可以成为 CEO，这句话不仅使她大为吃惊，也从此令她振奋起来。

从第二天开始，大公司 CEO 就像一面旗帜一样，被朱莉安扛在了肩上。朱莉安开始以 CEO 的标准来要求自己，她开始挺直腰杆走路，她的衣服不再沾满泥土，再也不与那些调皮的孩子混在一起，说话时也不再夹杂污言秽语。这一要求，持续了 25 年。到了朱莉安 32 岁那年，她便真的成为了一名女 CEO。

成长感悟

梦想是人们意识的追求，动力的源泉，也是一个人奋斗的目标。虽然现实和梦想存在一定差距，但正因这个差距，人们才会对梦想更具憧憬。梦想只要能持久，早晚都会成为现实。

做自己梦想的主人

　　一天，年迈的女富豪马蒂尼突然收到了一封精美的请柬，内容是邀请她参加一个湖边度假村的落成仪式，请柬的落款写着"30年前的朋友"。马蒂尼觉得这个落款很特别，但又实在想不出，这位30年前的朋友到底是谁。

　　到了约定的日子，马蒂尼来到了这个高档的湖边度假村，在这里，她看到了诸多社会名流，以及一些生意场的伙伴。接着，这座度假村的主人——女孩艾玛跑到台上讲话："今天我能站在这里，首先要感谢的是第一个帮助过我的人。她就是我30年前的朋友——马蒂尼……"说着艾玛在众多人的掌声中，冲到马蒂尼面前，给了她一个深深地拥抱。这时，马蒂尼才看出，眼前这位气质沉稳，浑身散发魅力的女孩，原来就是30年前与她有一面之缘的落魄的姑娘。

　　镜头回到30年前，那时马蒂尼与丈夫离婚后，用她所分得的财产开办了一个酒店，只用了几年时间，善于经营的马蒂尼将一个酒店发展成了一个连锁度假酒店集团，年纪轻轻的她成了一个十足的女富豪。有一天吃过晚饭，她在街上散步，突然她看见街灯下站着一个比她略小几岁的年轻女孩，只见女孩身着一件破旧的外套衣着朴素，甚至可以说有些落魄，身材也很羸弱，看起来一点都不健康。马蒂尼走上前去问那女孩为何站在这里，是不是遇到了什么麻烦事。

　　女孩忧郁地对马蒂尼说："女士，站在这里是因为我无处可去。从小

就生活在贫民窟里的我，多希望自己能拥有一座宽敞的公寓，晚饭后能站在落地窗前欣赏美妙的月色。但这对我来说简直太遥远了。"

马蒂尼问："那么能否告诉我，你眼下有什么梦想呢？我可能能帮到你。"女孩稍顿了一下，对马蒂尼说："现在我的梦想，就是能够找个舒适的栖身之所好好地休息一晚。"

马蒂尼揽了一下女孩的肩膀说："好吧，这个梦想我可以帮你实现，跟我来。"

于是，女孩跟着马蒂尼走进了她富丽堂皇的别墅，然后马蒂尼把她带到其中一间客房，指着里面那张豪华的大床说："这是别墅的客房，设施一应俱全，好好在这里睡一觉。"之后马蒂尼转身离开。

第二天清晨，马蒂尼起床后发现，客房的床上整整齐齐，分明没有人睡过。她满怀疑惑地走到花园里。只见女孩正躺在花园的秋千上甜甜地睡着了。马蒂尼叫醒了她，不解地问："你怎么睡在这里？"女孩笑笑说："您给我这些已经足够了，谢谢……"说完，头也不回地走了。

30年后的相聚，这名当年的穷苦女孩对马蒂尼说："虽然您的那个卧室很豪华，但在进门的那一瞬间，我突然明白，这一切并不属于我，这样得来的梦想是短暂的。我要把自己的梦想变成永恒，如今我做到了，谢谢您！"

成长感悟

如果一个人将自己的梦想跟朋友分享，那么大多数的时候，朋友们会说，别想啦，简直是白日梦。也许就连他自己都觉得，梦想，简直像天上的星星遥不可及。然而就是因为人们缺乏把自己的梦想变为现实的自信，所以才会一次次地与实现梦想擦肩而过。其实只要你为之努力，谁能保证它不会成真呢？你的梦想你做主，去努力追求吧！

心灵的召唤

如果你真的相信自己，并且深信自己一定能达到梦想，你就真的能够步入坦途。

——戴尔

玛格丽是 20 世纪非洲的一名女探险家，她一生游历过全世界一百多个险峻的地方，曾深入过危机四伏的亚马逊，攀登过世界最高的珠穆朗玛峰，还甚至曾经重走过马可波罗所走过的路，在旅途中，她历经艰险、吃尽苦头，曾经将近二十次与死神擦肩。如今过了花甲之年的她，还身兼作家、演员和演说家数职。有人曾表示疑问，上帝赐予人们生命的时间都大致相同，为何玛格丽能获得如此多的成绩，而且她还是一名看似柔弱的女性？这还要从她 15 岁那年说起。

玛格丽出生在美国东部的一个小乡村，从小她就有着男孩子一样的性格，喜欢跟男孩子们一起在家附近的废弃厂房中"探险"。虽然家境贫寒，但只有 14 岁的她却志向高远，那年她突然在纸上一气呵成的写下了自己毕生愿望，足足有 100 个："登上珠穆朗玛峰；深入亚马逊腹地以及到非洲原始部落探险；驾驭大象、骆驼、鸵鸟和野马；驾驶飞机；读完多部名人巨匠的著作；谱写一首乐曲，写一本书，做一部电影的女一号……"

看到她的这些愿望，所有人都认为这只是一个孩子随意一说，甚至有人以为玛格丽疯了，这是个女孩子该干的事情吗？家人说女孩子应

· 171 ·

该上学、工作、嫁人然后生孩子……但玛格丽并没有将父母的劝说当做一回事，少女懵懂的心反而被自己那庞大的计划鼓荡得蠢蠢欲动，从此她开始了将梦想转为现实的漫漫征程。这条路可谓布满荆棘，千辛万苦，但她一路披荆斩棘，硬是把一个个近乎空想的夙愿，变成了活生生的现实，仅仅用了36年，她终于实现自己100个愿望中的85个愿望。更可喜的是，玛格丽也并没有因此而耽误了结婚生子，如今她有着深爱自己的老公以及一对事业有成的儿女。

所有人都为之而感到惊讶，对她的成就产生疑问。她却微笑着说："很简单，我只是让心灵先到达那个地方，随后，周身就有了一股神奇的力量，接下来，就只需沿着心灵的召唤前进了。"

成长感悟

人生不可无梦，世界上做大事业的人，都是先有梦想；无梦就无望，无望则无成。人生的白纸全凭自己的笔去描绘，每个人都是自己前途最权威的设计者和建筑者。

上帝没有光环

    琳达 1934 年出生在英国的一个小镇，她的父母、祖父母乃至全家都是农民，而她则想打破这种状态，做一名女飞行员。在那个年代，女飞行员这个职业简直是鲜有人知，琳达的这个计划被人认为是痴人说梦。但琳达没有放弃。

    当琳达 15 岁的时候，她便从中学退学了，为了从经济上帮助父母，琳达进入工厂工作，成为一名百分百的蓝领工人。在这里工作，不仅需要知识和经验，而且需要体力。这对于一个年仅 15 岁的女孩来说决不

是一件轻松的事。然而琳达从来没有放弃过自己的梦想，年轻的她依然每天坚持去工人夜校学习。

    1960年，经过不断地追求与努力，琳达终于自己驾驶着飞机翱翔在空中。看到窗外的景色，一览众山小的感觉让琳达激动地掉下了热泪。要知道她走到今天，要比男性飞行员付出了太多的努力。体力上的辛苦、家人的反对，等等，但如今她真的成功了。飞机降落的那一刻，琳达从机舱出来，看到家人和小镇上的邻居一同迎接她回来。母亲紧紧地抱住了她，激动的说："孩子你真的成功了！"

成长感悟

英特尔公司副总裁虞有澄曾说过：一个有事业追求的人，可以把"梦"做得高些。虽然开始时是梦想，但只要不停地做，不轻易放弃，梦想能成真。没错，小时候，我们会崇拜一些我们觉得了不起的人。而当有一天我们自己也取得了成功后便会发现，自己也一样值得别人崇拜。

最后的结果

　　居里夫人原叫玛利亚，她 1876 年出生于波兰首都华沙。她的母亲是小学校长，父亲是中学的数学和物理老师。出生于知识分子家庭的玛丽亚受到家人的影响，从小就热爱科学，父亲房间里放着的物理仪器和标本，都让她颇有兴趣。

　　1890 年，玛丽亚带着自己积攒下来的钱，只身来到法国，进入巴黎大学理学院读书。

　　在巴黎求学的 4 年里，玛丽亚克服了常人难以想象的困难，以非同凡响的毅力过着一种物质虽贫寒，精神却高尚的生活。很多人都难以想象，玛利亚曾在漫长的冬季，住在四处漏风的顶层阁楼，寒冷让她根本无法入睡。她只好从箱子里取出所有的衣服穿在身上，有时她甚至把椅子拉过来压在被子上取暖。但对科学知识无止境的追求，使她似乎被一种神奇的力量驱使着，让她忘记了物质上的困窘，在科学的海洋里漫游，

K950

Marie Curie

ZAMBIA

Marie Curie

不知疲倦，永不停歇。她始终为了实现自己的抱负而不断努力，不惜放弃一般年轻女孩应有的快乐享受，过着与世隔绝的枯燥生活，在她头脑中仿佛只有学习和工作。

攻读到物理学硕士学位的她并不能满足于现状，她还要争取获得数学硕士学位。她不断给自己压力，使自己在科学研究的道路上勇往直前。正是因为这种永远进取、坚忍不拔的顽强精神，使得她在科学领域里逐渐显露头角，并且最终成为一颗耀眼的明星。

1895年，玛丽亚与丈夫居里结婚。之后，人们才开始称她为居里夫人。后来，他们第一次在世界上发现并提取了放射性元素镭。在提取镭元素的过程中，她付出了太多太多，经过一千多个日夜的辛苦工作，居里夫人将8吨像小山一样的矿渣混合搅拌，最后终于获得了一小块黑色结晶体，那就是新元素镭！而后居里夫人又发现了钋元素。凭借着对梦想、信念的不断追求，居里夫人的一生两次获得诺贝尔奖，其他奖项更是获取无数。正如她自己所说：我要把人生变成科学的梦，再把梦想变成现实！

成长感悟

梦想是引领人们不断前行的长明灯，只有拥有梦想，并为之付诸努力，我们才能不断前进。那些实现梦想的人们，有着近乎疯狂的执著。或许你会觉得他们不可理喻，但无法否定这种疯狂的确能创造价值，这就是成功的代价。

面对极限考验

成功人士与普通人的区别往往在于，他能逾越过极限的考验。往往我们感觉坚持不下去的时候，也许再咬咬牙翻过这道坎，就能看到成功。

于梦毕业后被分配到一个海上油田钻井队。对于刚毕业的大学生来说，这可是个锻炼自己的好机会，且收入颇丰。但由于工作辛苦，作为队里为数不多的女孩子，她从实习开始，领导就让她做好吃苦的心理准备。

这次海上项目是中方与日方合资的，主管于梦的是一位日本人，工作的第一天，就要求于梦在限定的时间内登上几十米高的钻井架，把漂亮的包装盒送给最顶层的主管。于梦抱着盒子，小心翼翼地一溜小跑，快步登上那高高的狭窄的舷梯。当她满头大汗、气喘吁吁地登上顶层，把盒子交给主管时，主管只是签下了自己的名字，就让他送回去。她又快跑原路返回，把盒子交给领班。领班也同样在上面签上名字，让他再送回主管那儿。于梦犹豫了一下，又转身登上舷梯，结果没想到，主管和上次一样，只签下名字，又让他把盒子送了回去。下去之后，领班又重复了之前的动作，签上名，让她送上去。这时于梦有些愤怒了，但仍然尽力忍着，当她第三次把盒子递给主管。主管才傲慢地说："把盒子打开。"于梦有些疑惑地看了看主管，而后撕开外面的包装纸，打开盒子。里面竟然只有一罐茶叶！于梦感到好像被人当猴子耍一样，愤怒极

了。正当她怒气冲冲地要说些什么的时候，主管却先开了口："帮我把茶叶泡上！"

于梦再也忍不住心中的怒火，重重地把盒子摔在地上说着："我不干了！"

这时，这位傲慢的主管弯腰捡起了盒子，目光坚定地看着她说："你可以走了。看在你辛苦了三次的份上，我可以告诉你，刚才我们让你做的这些是考验你承受极限能力的训练。我们在海上作业，危险是难以预知的，随时可能遇到意外。这，就要求队员身上一定要有极强的承受力，尤其像你们这些女孩子，更要承受各种危险的考验，才能胜任海上的工作。只可惜，你已经通过了前面三次的测试，只差最后一点点，你没有喝到自己泡的茶。现在，我只能遗憾地跟你说再见。"

成长感悟

承受能力是一个人走向成功的必备素质。很多的成功，往往就是在你承受了常人所不能承受的痛苦之后才会到来。可惜，许多人，都只差了这一点点，为了图一时的安逸与舒适，最终与成功擦肩而过。

没有什么不可能

在巴西有一个 6 岁的小女孩叫贝尔塔，有一天她偶然在电视上看到成千上万的非洲儿童没有水喝，渴急了的时候就去喝残留在水凹里的脏水，甚至有时候还会喝牲畜的尿，每年这个地区还会有一些人因为没有水喝而死去！贝尔塔非常吃惊，她简直不相信自己的眼睛，这世上居然会有人没有洁净的水喝，而且会因此死去。贝尔塔非常难过。

忽然，在节目的尾声传出来的一句话："只需 70 块钱，就可以帮助非洲建造一口井。"这让贝尔塔激动不已。她暗自发誓："我一定要为他们挖一口井。明天就要带 70 块钱来。"

电视结束后，她迫不及待地找妈妈要钱："妈妈、妈妈，给我 70 块钱吧。"面对贝尔塔的请求，妈妈根本就没当回事。贝尔塔只好失望地走开了。可是接下来的日子里，她并没有忘记电视中那些非洲孩子因饥渴而死去的画面，反而这种画面越来越强烈地出现在她眼前。

那天睡觉前，贝尔塔又向爸爸妈妈提起了这件事："给我 70 块钱吧，我要帮非洲的小朋友打一口井。""不，那里的问题，不是 70 块钱就能够解决的，你是个孩子，你不具备这样的能力！"妈妈说。爸爸也表示赞同妈妈的话："这是个可笑的想法，贝尔塔……"

贝尔塔哭着离开了爸妈的房间，但接下来的日子里，她还是没有放弃自己目标，每天都要向父母请求。看到女儿的认真，父母意识到这个问题不能再拖下去了，一定要坐下来和她一起认真地讨论一下："听

着孩子，你要真需要这笔钱，就应该自己去赚取。你可以在家做家务，我们付给你报酬怎么样？"贝尔塔好像看到了希望，眼睛里闪烁着激动的光，坚定地点点头。

贝尔塔得到的第一个任务是吸地毯。干了两个多小时，赚取了两块钱，收拾桌子一块、修剪草坪三块……日子一天天过去，大人以为她只是坚持几天就会放弃的，可贝尔塔反而干得更加卖力了。每当父母劝她休息时，她总会说说："让我再干一会儿吧，我一定要为非洲的孩子挖一口水井！"慢慢地，不仅家附近的邻居知道了贝尔塔的梦想，连当地的一家媒体，也把贝尔塔的愿望刊登了出来。接下来，不到一个月的时间里，她收到了上千万元的汇款。女孩的梦想实现了，如今通过她募捐来的善款，已经解决了非洲某一地区一半以上的饮水问题。

有人问贝尔塔，是什么让你有如此大的毅力。贝尔塔说："我就是梦想着有一天，非洲的小朋友能喝到纯净的水，我相信没有任何事情是不可能做到的！"

成长感悟

梦想之所以被称为梦想，是因为它与现实存在着一定的距离和差异。很多时候，我们因为过于将梦想虚幻化，导致我们不敢追求它。但是小贝尔塔的经历告诉我们，在这个世界上，只要有所梦想，只要付诸努力，就没有什么不不可以！

拾瓶记

贝蒂小的时候家里很穷，只能靠妈妈的工作来维持一家人的生计。贝蒂与兄弟姐妹是由奶奶带大的。由于家里穷，贝蒂只能自己找点挣零花钱的工作。但她又太小，只有 5 岁，不能当保姆，也无法当工人。她唯一的挣钱方式就是捡瓶子，一个废瓶子能卖 5 分钱。

贝蒂的奶奶每周有三天会去给麦金太尔先生照看便利店，贝蒂与兄弟姐妹有一半的时光是在那儿度过的。便利店有很多好吃的，尤其是那一瓶瓶各式各样的糖果，都是贝蒂的最爱。于是，在征得奶奶的同意后，贝蒂开始到处搜罗废瓶子。

她捡瓶子的地方主要是离店不远的田野、街道等场所。贝蒂经常像老鹰一样盯着在地里干活的雇工，和那些手拿饮料瓶的人们，看着他们把它扔掉，贝蒂再忙不迭地跑过去捡回来。很快她就挣够了买一小包糖果的钱。贝蒂天天乐此不疲地到处搜寻，把瓶子卖给奶奶，换取糖果吃，而奶奶就成了她的固定客户。

有一天，贝蒂在捡瓶子的时候，刚好发现在便利店的后面散落着一地的空瓶子。贝蒂赶紧把它们装入自己的小推车，拉到了奶奶面前，奶奶看到不停地夸自己的小孙女肯吃苦，会做事。

第二天，贝蒂又在同一地点捡到了更多的汽水瓶。时间一天天过去，贝蒂每天都重复着从店后面捡瓶子的动作。

这天，一辆卡车开到了店后面。麦金太尔先生找到奶奶问："我把你提到的那些瓶子都装走，它们在哪儿呢？"奶奶说："在后面，至少有一百个，都是我孙女在周围捡回来的。"

这时贝蒂明白了一切：原来，自己正反复地把同样的瓶子卖给奶奶！当时的贝蒂怕极了，她以为奶奶会因此而丢了工作，于是硬着头皮向麦金太尔先生坦白。当她把一切都和盘托出。麦金太尔先生却哈哈大笑，对她说："以后帮我捡瓶子吧，我给你搭一个小棚子，用来放饮料瓶。"从那以后，贝蒂还像以前一样，在田间水沟、在马路边捡瓶子。每到周日，她就帮麦金太尔先生把空瓶子装上车。作为报酬，在劳动结束后，先生会给贝蒂一瓶汽水。手捧着汽水的贝蒂高兴极了，她认为再也没有比经过自己的辛勤劳动而挣来的汽水更甜美的了。

成长感悟

梦想，有时对人们来说好像是要为之奋斗一辈子的目标，而逐渐疏忽了当下的梦想。不管怎样结果怎样，只要努力去做，并将其实现，就一定能体会到收获的喜悦和生活的甜蜜。

梦想无价

艾米从小到大都是个穷孩子，她的家庭条件很不好，共有6个兄弟，3个妹妹，还有一个孩子是邻居寄养在她家的。虽然艾米的家很小，东西都很破旧，也没有什么钱，但是她的家里却充满了爱和关心。

艾米年轻，性格里充满了快乐和朝气。她知道不管一个人有多穷，仍然可以拥有自己的梦想。对于她来说，梦想就是运动。她10岁的时候，虽然身高只有140厘米，但她已经能够跨越跟她身高相仿的栏杆了，于是成为跳高运动员就成了艾米一直以来的梦想。艾米的运气也很好，她的教练叫奥利，他不仅自己相信艾米的能力，而且还教会艾米怎样相信自己。这让艾米知道了拥有一个梦想，并赋予自己足够的自信会使生活发生翻天覆地的变化。

艾米升入高中的那年夏天，好姐妹露易丝推荐她去做一份暑期工。这是一个挣钱的机会，像所有女孩子一样，艾米也渴望漂亮的衣服，打工有钱就可以买新衣服了，同时也意味着她能为母亲的买房计划付出一份自己的能力了。这份工作对艾米来说是极具诱惑力的。

可困惑也相继而至，因为如果艾米去做这份工作，她就必须得放弃暑假的跳高训练，那意味着她必须告诉教练自己不能去练习了。正如艾米预想的那样，奥利教练听到这些非常生气。并对她说："你还有一生的时间可以去工作，可是你练习跳高的日子，你根本耽误不起。"

艾米想对教练说，她只是想帮助妈妈买一座房子，即使让您对我

失望也是值得的。教练问艾米："你做这份工作能挣多少钱？"艾米说："3.5 美元。""你认为你的梦想就值一小时 3.5 美元吗？"这个简单的问题，突然让艾米恍然大悟。于是她推掉了暑期工，全身心地投入到运动中去。同年，她就被国家跳高队吸收，并签订了一份价值 2 万美元的契约。再后来，艾米又获得了接受高等教育的机会并享受着奖学金。在全美大赛里，艾米获得了女子组跳高第一名。去年，艾米终于为自己的母亲买了一座房子，实现了她的梦想。

成长感悟

你的梦想值多少钱？往往有人在追求梦想的道路上，会因为现实的困境而终止脚步，但是静下来想想，困难总是暂时的，没有什么沟壑是我们不能逾越的。走出困境后再回头看，也许那些当初难倒你的问题根本不值一提，你会为当初的放弃而悔恨不已。

寻找梦想的鞋子

那一年的圣诞节像往年一样，已经晚上11点多了，街上的人才慢慢散去。忙碌了一天的史密斯夫妇，在送走了最后一位买鞋的顾客后由衷地感叹道："今天的生意真不错！"正准备打烊的他们突然发现橱窗外站着一个女孩子。仔细打量发现，女孩有八九岁的样子，衣衫褴褛且很单薄，是个捡煤球的小女孩。脚上穿着一双极不合适的大鞋子，满是煤灰的鞋子上早已"千疮百孔"。

女孩眼睛直勾勾地盯着橱窗里的鞋子，她看到史密斯先生走了过来，赶忙要离开，史密斯先生却俯下身来和蔼地问她："圣诞快乐，亲爱的孩子，请问需要什么帮助吗？"

女孩开始并不作声，眼睛又开始转向橱窗里琳琅满目的鞋子，喃喃说道："我在乞求上帝赐给我一双合适的鞋子！"史密斯夫人这时也走了过来，她先把丈夫拉到一边悄声说："这孩子看起来很可怜，我们帮她实现这个愿望吧？"史密斯先生却摇了摇头说："不，亲爱的，她需要的不是一双鞋子，请帮我端来一盆温水，再把店里最好的棉袜拿来一双好吗？"

史密斯先生很快回到孩子身边，告诉女孩："孩子，我把你刚才的想法告诉了上帝，马上就会有答案了。"孩子的脸上这才展露了微笑。

水端来了，史密斯先生帮她脱掉那双千疮百孔的鞋子，把她那双冻得发紫的脚放进温水里揉搓着，并语重心长地说："孩子呀，真对不

起，你的要求，上帝并没有答应，他说你需要的应当是一双袜子。"女孩脸上的笑容突然僵住了，眼神充满失望和不解。

史密斯先生说："别着急孩子，上帝告诉我，假如你需要果实，他就只能给你种子，让你自己去播种、去收获；如果你需要宝藏，他只能给你一把铁锹或一张藏宝图，要你亲自去挖掘。就好像我，小时候曾企求上帝赐予我一家鞋店，可上帝只给了我一套做鞋的工具，但我始终相信拿着这套工具能帮我打造出一个鞋店。二十年多年过去了，我不仅拥有了这条大街上最豪华的鞋店，而且拥有了一个幸福的家庭。你也是一样，拿着这双袜子去寻找你梦想的鞋子，不畏艰难、不要放弃，肯定有一天，你也会成功的！"

一晃又是二十年，这年圣诞节，史密斯夫妇早晨一开门，就收到了一封陌生人的来信，信里写道：

您还记得二十年前那个圣诞节，那个捡煤屑的小女孩吗？她向上帝乞求鞋子，却获得了比黄金还贵重的话和一双袜子。正是这样一双袜子树立了她对生命的信心！给人一双袜子，让她自己去寻找梦想的鞋子，这样的帮助比任何同情的施舍都重要！穿上袜子的我，终于找到了自己需要的鞋子，如今的我成为了Ｓ州第一位女州长！谢谢！

成长感悟

想要有所成就，首先要寻找到自己的梦想，那么这个梦想便将成为引导你成功的风向标。在成功的路上必定不会一帆风顺，这条路一定充满了坎坷与曲折，这时不要想如何寻求别人的帮助和施舍，脚踏实地一步一个脚印地前行，才能真正看到梦想的光亮在闪耀！

永不放弃希望

在新加坡举办的一个国际心理学会议上，一名日本人向与会人士大力地推荐她所创立的积极心理治疗理论，为了进行佐证，她为大家讲述了一项她所做的实验。

实验中，她将两只大白鼠丢进了一个装了很多水的容器中，水里的老鼠拼命地挣扎求生，经过几次测试，它们平均能坚持的时间是8分

钟左右。然后，她在同样的器皿中放入另外两只大白鼠，它们挣扎到 5 分钟左右的时候，实验员会放入一个足以让它们爬出器皿的小台阶，然后这两只大白鼠顺着台阶脱离险境得以存活。过了几天后，实验员再次把这对大白鼠放入同样的器皿，而没有在 5 分钟的时候放下台阶，但结果却令人吃惊：两只大白鼠为了等待那个救生的台阶，竟然可以坚持 24 分钟，坚持的时间是以前的 3 倍。

这位心理学家总结说：有过逃生经验的大白鼠正因为多了一种精神的力量，所以它们坚信会有一个跳板救它们出去，这样它们就能够坚持更长的时间。这种精神力量，就是积极的心态，或者说是内心对事物的积极的希望。

在心理学家得出这个总结后，台下哗然一片，一名来自美国的心理学家举手提问：您好，我很好奇那两只大白鼠最后的命运，是不是因为没有等来救命稻草，两只实验品还是死了呢？出乎在场人的意料，这位日本心理学家说：不，它们没有死。到了第 24 分钟时，我看它们实在坚持不了，就把它们捞了出来。呵呵，因为我觉得，这种有积极心态的大白鼠值得活下去。我们人类应尊重它们的希望，同样我们也更应该尊重自己内心的希望不是吗？语毕，全场响起了热烈的掌声。

成长感悟

希望、梦想就是支持人们走得更远的力量。在很多情形下，精神的力量可能比知识更强大，因为只有有希望和梦想的依托，知识才能被更好地利用。一个人即使没有文化、没有金钱，只要他有梦想和希望，就可能拥有一切；反之那就可能丧失他已经拥有的一切。

身边的西单女孩

在北京西单的地下通道，有一位流浪的女歌手，她因在地下通道自弹自唱，翻唱歌手安琥的《天使的翅膀》被网友拍摄上传至网络而出名。这个五官精致，说话爽朗、爱笑的女孩今年仅仅24岁。在这花一样的年龄，她为何要在地下通道做一名风餐露宿的流浪歌手呢？

原来，女孩名叫任月丽，她出生在河北省涿州的一个小村子里，自幼父母多病，由奶奶抚养她长大成人。为了减轻家庭的经济负担，16岁的时候，任月丽就只身来到北京打工，最开始她在餐馆当服务员，辛苦地工作了一个月，老板看她年龄小欺负她，没有给她开工资，任月丽伤心难过地离开了。之后她又尝试找过多份工作，但大多都因为年龄小被人拒之门外。

一次偶然的机会，任月丽路过地下通道看到有人在自弹自唱，很多路人都在驻足收听，一曲唱毕还有一些好心的人丢下一些钱。从小就爱唱歌的任月丽想：为什么我不能在这里唱歌呢？

于是不会弹吉他的她每天都泡在地下通道，跟着那些流浪歌手，求他们教自己弹琴。经过一段时间的学习，天资聪颖的任月丽已经能独立弹奏很多首曲子了。一个月后，小任月丽开始了自己的"独唱"生涯。她将人流量大的西单地下通道，选为自己的"舞台"。从那以后任月丽开始凭借着自己的双手挣钱，每天她只给自己留下10元生活费，其余的全部按月寄回家里。这一唱，便是四年。四年里她风雨无阻，用自己

柔弱的肩膀背着琴，也背起了那个贫困的家。

北京是座大都市，来这里寻梦、淘金的人很多，但真正实现自己梦想的有几个？任月丽，一个 16 岁就出来打工的小女孩，正是凭借着自己的那股韧劲、那种坚持，在北京实现了自己的梦想，如今她签约了唱片公司，也为自己的老家盖了新房。她的那种执著、善良、坚韧、乐观的精神值得太多的人去学习。

成长感悟

梦想的跑道，在起跑时所有的人都站在同一条线上，但是也许因为路途遥远，也许因为布满荆棘。以至于到最后冲过终点线的人寥寥无几，正因为缺乏坚忍不拔的精神，导致大多数人都不能取得成功。希望西单女孩的真实经历能够成为当今青少年的榜样，有梦的话就一拼到底吧！

不要让梦想黯然失色

有位名人曾经说过：不要让昨日的沮丧令明天的梦想黯然失色！的确，梦想对于我们每个人来说都是无价之宝！

在英国某大学的一次研讨会上，一位著名的演说家用一个特殊的开场白开始了她的此次演讲。开场白上她并没有说一句话，只是手里高举着一张 50 美元的钞票。

面对台下诧异的目光，演说家面对礼堂里的 300 个人问："谁想

要这 50 美元？"全场听众先是一愣，然后一只只手相继举了起来。她接着说："今天我打算把这 50 美元无条件地送给你们中的一位，但在这之前，我会做一件事情。"说着只见她将钞票揉成一团，然后又举起钞票问："谁还要？"台下仍有人举起手来。她紧接着又说："那么，如果我对钞票这样呢？"话音未落，她就把钞票扔到地上，踏上一只脚，并且用脚碾它。之后她捡起钞票，高举过头，那张钞票已变得又脏又皱。演说家继续问："现在谁还要？"还是有人举起手来。

演说家没有说话，只是鼓了鼓掌。对台下的听众们说："朋友们，你们已经上了一堂很有意义的课。因为无论我怎样对待那 50 美元，你们还是想要它，是因为它并没有因为我的践踏而贬值，它依旧值 50 美元。同样，在我们人生的道路上，在追求理想和成功的道路上，每个人都会无数次地被自己的不自信和别人的嘲笑贬低得一文不值。但无论发生什么，或将要发生什么，希望你们永远记得，在上帝的眼中，你们永远不会丧失价值。在他看来，无论聪明还是愚笨，不管肮脏还是洁净，你们依然是无价之宝！"

成长感悟

我们在追逐梦想的路上，一定会遇到各种阻碍，注定梦想之路不会是一片坦途。然而无论怎样，我们生命的价值也不会因为我们的所作所为而升高或者降低，忠于你自己，循着梦想前进，那样的你才是最独特的！

成功并没有那么难

1965 年，金美研作为韩国留学生被选取到剑桥大学主修心理课程。每天到了喝下午茶的时间，她就会到学校的咖啡厅或茶座听一些成功人士聊天。

在这里，她"偷听"过很多成功人士谈话，他们包括某一些领域的学术权威、诺贝尔奖获得者或者是一些创造了经济神话的人。通过听他们聊天金美研发现，这类人非常亲近随和、幽默风趣、举重若轻，他们把自己的成功都看得非常自然，这与她在国内时看到的景象大相径庭。在韩国她被一些成功人士欺骗了。那些人有的为了体现自己的个人能力，有的为了让正在创业的人知难而退，纷纷把自己的创业难度夸大了，也就是说，他们在用自己的所谓的创业艰难之路，来吓唬那些还没有取得成功的人。作为心理系的学生，金美研认为很有必要对韩国成功人士的心理状态进行研究。

1969 年，金美研回国后，立刻把《成功并不像你想的那样难》作为毕业论文，提交给现代经济心理学的创始人威尔布雷登教授。威尔布雷登教授读后，颇为惊喜，他认为金美研非常善于挖掘，这是个他本人都没有注意到的新发现，这种现象不仅在韩国乃至在世界各地都普遍存在，但此前从未有人大胆地将这一问题提出来并加以研究。惊喜过后，教授提笔写信给他的剑桥校友，他在信中说，"我不敢说这部著作能给你带来多大的帮助，但我敢肯定它比你的任何一个政令都能产生震动。"

而教授的校友就是当时正坐韩国第一把交椅的朴正熙。

　　之后的事情不出所料，金美研的论文被整理成册，印刷出版。这本书伴随着韩国的经济而腾飞了。因为书里的内容鼓舞了许多人，她从另一个视角告诉人们，成功与"劳其筋骨，饿其体肤"、"头悬梁，锥刺股"等没有必然的联系。因为上帝赋予你的时间和智慧够你圆满完成一件事情。所以只要你拥有梦想，并愿意为之努力，长久坚持下去就会成功。后来，金美研也获得了巨大的成功，成为了韩国某大型公司的第一任女总裁。

成长感悟

　　我们的很多想法，只要你想做，都能做到，只要你一心向前，所有困难，也都能克服。可能也用不着什么钢铁般的意志，更用不着什么技巧或谋略。很简单，只要你对这件事有兴趣，那么，就肯定能做出点成绩来。

不怕做梦

小时候的邻居是个比丽丽大的女孩,丽丽叫她姐姐。姐姐喜欢文学,在上初中的时候她就开始写诗了,她的梦想是将来当个女诗人,想想是个多浪漫的职业。

那时候姐姐订了一本诗歌杂志,杂志中的每一页都至少配有两幅大小不一的插图。姐姐对丽丽说:"这家杂志一定很少有人投稿,所以留白处才用这么多的图片来填补!早晚有一天,我要把这些图片用我的诗歌替换下来!让那些地方都成为我的领土!"

从此以后,邻居姐姐就更加勤奋地写诗、投稿。每星期她都要给杂志社寄出几首"新出炉"的作品。一个月过去了,两个月过去了,到了第三个月,我们激动地在杂志上反复地寻找,都没有找到姐姐写的诗,我当时都替她失望。而姐姐自己却依旧信心满满。

大概又过了半年的时间,那本杂志终于刊登了一首姐姐的诗歌,责任编辑还寄来了一封热情洋溢的信,信中说是姐姐对诗歌的热爱和坚持不懈的态度让他注意到了她,还说他是看着姐姐的写作能力从最初的稚嫩一点一点成熟起来的!最后,他还鼓励姐姐继续努力投稿,不要因为暂时的冷遇而放弃!姐姐从此受到鼓舞,变得更加勤奋了,之后她的作品不断被发表,如今姐姐终于成为了一个名副其实的诗人。

虽说现在姐姐已经是那位杂志社的签约作者,每月都固定为杂志撰写诗歌,但杂志的配图还是像当年那么多,她的诗歌始终没有取代那

些插图的位置。后来我再次和姐姐谈起此事的时候，姐姐哭笑不得地回答："插图是为了版面美观而设计的，并不是因为鲜有人投稿。当初的丽丽真是年少无知，竟然因为插图而产生投稿的念头。不过真的还要感谢那些插图，如果不是它们，怎么能激发丽丽如此"狂妄"的梦想？如果没有那些梦想，我又怎么可能取得今天的成绩呢？"

成长感悟

　　在有梦的年纪，我们都会产生很多梦想。不管这些梦想是否不切实际，也不管我们做过多少不合实际的梦，重要的是你曾经为自己的梦想付出过什么。

跨越英吉利海峡的女运动员

简是英国 20 世纪 50 年代的一位女游泳运动员，她从小训练刻苦，多次获得美国国内游泳比赛的大奖。一天，她突然产生了一个想法，发誓要成为世界上第一位横渡英吉利海峡的人。为了达成这个目标，她更加不懈地努力，拼命地锻炼自己，不断地为这历史性的一刻作准备。

整整三年的时间，简推掉了国内的所有比赛，全心全意为穿越英吉利海峡而做准备。经过艰苦卓绝的奋斗，这一天终于来临了。在诸多媒体记者的注视下，简充满自信、昂首阔步、满怀激情地跳入大海中，奋力地朝对岸游去。

穿越海峡活动刚开始的那一段时间，天气非常好，简心情愉快地游着。但是随着越来越接近对岸，海上起了浓雾，而且越来越浓，一点没有要散去的趋势，甚至已经到了伸手不见五指的程度。简只身在茫茫大海中，被迷雾遮住了视线，完全失去了方向感，她不知道到底还要多远才能上岸。

恶劣的天气，加上透支的体力，导致简越游越失去信心，筋疲力尽。最后她终于宣布放弃了。当她吃力地爬上救生艇时，她才发现前方还有一百多米就到终点了，她甚至可以清楚地看到观众们为她准备的香槟和鲜花。如今这一切在她距离成功一百米之处戛然而止，所有的期待全部化为惋惜。

　　面对众多的媒体的采访，她深表遗憾："不是我为自己找借口，如果我知道距离目标只剩一百多米，我一定可以把它完成的。"

成长感悟

　　成功人士和失败者的最大区别，就是他们有着超乎常人的毅力，能够将梦想坚持下去，尽管前方迷雾重重，也会奋力朝着梦想的终点努力，因为也许拨开迷雾，梦想便唾手可得。

梦想的破衣裳

　　莫妮卡的家里很穷，她从小跟妈妈相依为命，妈妈凭借自己的裁缝手艺供养莫妮卡上学读书。也许是受到了母亲的影响，莫妮卡从小就喜欢时装。

　　尽管家境贫寒，也阻止不了莫妮卡爱美，要做一名出色的时装设计师的愿望。她经常将母亲裁剪后的碎布头偷来，一针一线地将这些破布头拼接起来，缝制成一件件漂亮的小衣服。由于这样的做法会影响莫妮卡的学习，所以每次被母亲发现，她都免不了受到母亲严厉的批评。即便这样，莫妮卡仍然不能停止，总被自己强烈的创作欲望"指使"做一些让母亲生气的事。甚至有一天，她居然将自家凉棚上的废棚布拆下来制成了一件衣服。当时这种粗布在美国是专门用于盖棚用的，当莫妮卡穿着自己做的衣服走在大街上时，路人都说她是疯子、乞丐。母亲发现后，非常生气，但在生气过后母亲发现，女儿莫妮卡的确对服装有着自己独到的见解。

　　从此母亲便开始鼓励女儿去向时装大师迈克请教，她希望自己的女儿能成为像迈克一样成功的时装设计大师。那一年的莫妮卡只有18岁，她带着自己设计的"棚布衣"来到了迈克的时装设计公司。当迈克的徒弟们看到莫妮卡设计的衣服时，忍不住哄堂大笑，因为他们从来没有看到过如此粗俗的衣服！可是迈克却将莫妮卡留了下来。

　　从此，莫妮卡成为了迈克的一名学生，在迈克的鼓励与教导下，

莫妮卡顺着自己的思路，设计出了大量的粗布衣。可是，当时没有人对莫妮卡的设计感兴趣，她设计的衣服全部都积压在仓库里。就连迈克都有些后悔当初收莫妮卡为徒。唯有莫妮卡依然固执地坚信自己的衣服会受到人们的欢迎。

后来她尝试了另一种销路，将自己的衣服运往贫困的国家，低价销售给那里的工人们。由于那种粗布价格低廉，而且非常耐磨，莫妮卡的衣服被一抢而光。接着看到了曙光的莫妮卡更加对自己的设计有了自信心，在迈克的帮助下，他们将服装的款式做得更加休闲、立体，直接将产品面向户外运动者和旅行者。产品出来后，果真在这两类人当中取得了广泛的好评。之后他们又不断研发新品种，不仅只给男性设计粗布衣服，也专门为女性设计了包臀、收腰的服装，又成功地博取了女性同胞的喜爱。

几年后，莫妮卡终于成为了著名的服装设计师，同时她也拥有了自己的服装品牌，粗布衣服也受到了包括明星在内的所有人的追捧！

成长感悟

有了梦想就一定要想办法去实现它，不管面对什么样的困难，只要付诸努力，即便是破粗布衣裳，也能登上时尚的巅峰！